DU MÊME AUTEUR

Aux Éditions Gallimard

L'APPÂT

Du monde entier

DAVID ALBAHARI

L'HOMME DE NEIGE

roman

Traduit du serbe
par Gojko Lukić
et Gabriel Iaculli

GALLIMARD

L'auteur remercie l'université de Calgary de lui avoir permis, dans le cadre du *Markin-Flanagan distinguished writers program*, de mener à bien la rédaction de ce livre.

Titre original :

SNEŽNI ČOVEK

Le chauffeur m'attendait à l'aéroport comme on me l'avait annoncé. J'ai pu le voir avant même de sortir, pendant que je me tenais près du tapis de livraison des bagages, que je cherchais un chariot, que je remettais ma déclaration au douanier. La porte de sortie s'ouvrait et se fermait automatiquement mais, à chaque fois, de tout endroit où je me trouvais, je voyais le chauffeur toujours à la même place, vêtu d'une sorte d'uniforme, coiffé d'une casquette, qui hissait bien haut une pancarte où mon nom était inscrit à la craie bleue. J'ai constaté, un peu plus tard, qu'il ne s'agissait pas de craie, mais de feutre, et que la pancarte n'était qu'un simple morceau de carton grossièrement découpé. Je m'en suis rendu compte quand, poussant devant moi mon sac de voyage boursouflé, j'ai quitté la zone douanière en franchissant un petit sas en forme d'entonnoir qui, pour moi, menait « dans le vaste monde ». « Dans le vaste monde », c'était en fait des paroles à moi, celles que je n'avais cessé de me répéter pendant tout l'été et qui m'étaient revenues à l'esprit les premières quand je m'étais réveillé en pleine tempête, alors que l'avion grinçait, trépidait et que les hôtesses s'affairaient autour des passagers inquiets. J'avais aperçu, en ouvrant les yeux, des nuages sombres, tourmentés, et, pendant que les écouteurs que j'avais gardés sur les oreilles diffusaient le rythme monotone d'un grand orchestre de jazz, je m'étais dit : « dans le vaste monde », tout simplement, comme ça, comme si ce passage ne pouvait se faire autrement qu'en essuyant une tempête. À un moment, l'avion a plongé, j'ai cru que mes entrailles allaient me sortir par la bouche. « Dans le vaste monde », ai-je répété, et j'ai senti que je recouvrais mon calme, comme si mon corps aidait l'appareil à se redresser, la tempête à s'apaiser, l'hôtesse à poser sa main sur le front d'une vieille dame assise à côté de moi. Tout cela n'a pas dû prendre plus de temps qu'il ne m'en a fallu pour dire et redire ces paroles ; les paroles, d'ailleurs, sont toujours plus lentes que la réalité ; quand j'ai rouvert les yeux, l'avion approchait déjà de la piste, les ailerons se levaient et s'abaissaient, une nausée familière gagnait mon estomac. Je suis sorti les jambes flageolantes — de peur, me suis-je dit — et j'ai suivi la file des passagers. À intervalles réguliers défilaient à côté de moi les bords gainés de plastique des panneaux de la passerelle, des inscriptions en plusieurs langues qui signalaient différents règlements, mentionnaient divers articles de lois, annonçaient le contrôle des passeports et invitaient à présenter les visas d'immigration. Une famille indienne ou pakistanaise se tenait devant l'un des panneaux ; les hommes comparaient attentivement leurs papiers aux numéros et aux lettres affichées sur la surface lumineuse. Dans un coin du couloir, adossée au mur, une femme âgée essayait de réajuster le talon de sa sandale droite. Une autre femme, bien plus jeune, était assise sur un banc. Près d'elle, un homme coiffé d'un chapeau nouait ses lacets. Un autre homme, qui n'avait manifestement aucun lien avec eux, s'épongeait le front. L'agent du contrôle des passeports était jeune, avait l'air d'un adolescent, bien que sa voix fût grave et ferme. L'aéroport tout entier n'était qu'un ensemble de phrases, mais s'il n'y avait pas eu toutes ces phrases, je me serais écroulé depuis longtemps. Je tenais debout grâce aux mots, ce que je n'aurais jamais cru possible si quelqu'un me l'avait raconté. C'étaient les lettres, c'étaient les mots qui me soutenaient, les signes de ponctuation qui me permettaient de respirer. Des caractères formant le numéro du vol apparaissaient sur une bande en haut des écrans que de petites valises traversaient, pour signaler l'arrivée imminente des bagages. Puis la porte s'est ouverte et refermée aussitôt, mais cela a suffi pour que j'aperçoive le chauffeur ; il m'attendait, comme on me l'avait annoncé, levant bien haut au-dessus de sa tête l'écriteau avec mon nom écrit à la craie bleue. C'est ensuite, une fois sorti de la zone douanière et après avoir traversé l'espace entouré de barrières qui conduisait au cœur de l'aérogare, que je me suis avisé que les lettres étaient tracées au feutre bleu et que ce que j'avais tout d'abord pris pour une pancarte n'était en fait qu'un morceau de carton grossièrement découpé. Sur le coin droit en bas du carton, j'ai pu voir les restes d'une étiquette, mais comme je passais à côté du chauffeur, à ce moment-là, poussant du pied mon grand sac tout en avançant, je n'ai pu y déchiffrer le moindre mot. Je me suis arrêté au milieu du hall, j'ai posé ma valise à côté de mon sac, j'ai relevé les cheveux qui me tombaient sur le front. Je fais toujours ce geste quand je m'arrête. Autour de moi passaient dans toutes les directions des gens bruyants, des gens renfrognés, des gens enlacés. Un jeune homme caressait le derrière de son amie, une vieille dame tenait un bouquet à la main, deux garçons se lançaient une balle de ping-pong, une fillette retroussait sa jupe et se grattait l'entrejambe. En me retournant, j'ai vu que le chauffeur m'observait. Il tenait toujours l'écriteau au-dessus de sa tête, d'une seule main, mais à présent tourné de mon côté. Si j'étais sorti à ce moment-là de la zone douanière, je ne les aurais pas vus, ni l'écriteau ni le chauffeur. Mais plus personne n'en sortait. L'entonnoir était vide. Peu après, alors que nous étions déjà assis dans la voiture, le chauffeur m'a dit avoir tout de suite deviné que j'étais celui qu'il était venu accueillir, non pas pendant que je passais à côté de lui, bien entendu, puisque son attention était alors fixée sur la porte automatique, sur les passagers qui la franchissaient, mais quand elle s'était immobilisée, quand elle avait cessé de s'ouvrir et de se refermer, il avait su aussitôt qu'il ne pouvait s'agir que de moi, que c'était moi qu'il allait voir en se retournant. Il s'était retourné et il m'avait vu, seul, au milieu du hall. « Votre sac de voyage me disait que c'était vous que j'étais venu chercher, a-t-il dit. La valise me le disait aussi, mais pas autant que le sac. » Je devais me pencher vers lui pour l'entendre, tant le bruit du moteur était fort. Là-bas, dans l'aérogare, je m'étais simplement rapproché de lui. Auparavant, nous nous étions regardés pendant quelques instants, puis, de l'index de sa main libre, il m'avait montré mon nom en touchant chaque lettre et en ouvrant la bouche comme s'il le prononçait. Je n'avais rien entendu, mais je savais ce que j'aurais pu entendre, alors que, dans la voiture, incliné comme un roseau, je ne savais même pas ce que j'aurais dû entendre en regardant sa bouche s'ouvrir. Il m'a lancé un regard, m'a souri, a haussé les sourcils. Le moment de répondre était donc venu, et, ne sachant que dire, j'ai fait un vague geste de la main, avec l'espoir que ce geste suffisamment vague recouvrirait quelque chose de compréhensible pour lui : acquiescement ou dénégation, incertitude ou espoir. Je ne saurais dire de quelle manière on aurait pu déceler un espoir dans un semblable geste, une telle idée ne pouvait être due qu'à ma fatigue, mais pendant que, penché, aveuglé par l'éclat des phares des voitures venant en sens inverse, je faisais ce geste, c'est bien à un espoir que j'ai pensé, et j'ai souhaité qu'il y vît lui aussi un espoir, une promesse ou tout au moins une attente, quelque chose comme ça. Juste après avoir quitté l'aéroport, j'ai essayé de faire attention à notre itinéraire, de retenir l'ordre dans lequel nous tournions à gauche ou à droite, comme si j'entrais dans un labyrinthe dont j'aurais plus tard de la peine à sortir, mais je n'ai pas tardé à y renoncer. La ville était trop grande, la nuit tombait à une vitesse incroyable, les noms des rues m'échappaient, et quant aux places, à vrai dire, il n'y en avait pas ; sur le côté défilait, comme sur un écran de cinéma, le centre de la ville, des dizaines de tours bourrées de lumières pareilles à des étoiles incandescentes. De temps à autre, ma tête retombait sur ma poitrine, mes yeux se fermaient, ma mâchoire se relâchait et sombrait dans le vide, mais toujours je parvenais à me ressaisir en un sursaut, avec l'espoir que le chauffeur n'aurait rien remarqué. Ce n'est que plus tard, en me retrouvant seul chez moi, que la fatigue m'a terrassé ; je me suis senti me décomposer et je me suis dit : « Ici, je vieillirai. » À un carrefour, le chauffeur m'a annoncé : « Nous voici arrivés », et il a tourné à gauche, puis à droite. Il ne pouvait pas être tard — au moment où l'avion s'était posé, il faisait encore jour —, mais toutes les maisons devant lesquelles nous passions étaient plongées dans l'obscurité ou bien, de loin en loin seulement, on y apercevait un soupçon de lumière enfouie, alors que la nuit venait à peine d'envahir le ciel. En fait, nous étions précisément en train de nous engager dans la rue qui pour quelques mois allait être la mienne quand la nuit a fini par gagner le ciel tout entier, refoulant une lisière rose du côté où devait se situer l'Ouest. Je n'ai jamais rien compris à la géographie et jamais je n'ai réussi à m'orienter dans l'espace, même à l'aide d'une boussole, ou d'après l'emplacement de la mousse ou avec tout ce que j'ai pu apprendre au service militaire. Je pouvais encore moins compter sur les étoiles que sur tout le reste. « Nous y sommes », a dit le chauffeur, et la voiture s'est arrêtée. La maison était petite et plongée dans le noir. Le chauffeur avait les clefs. Il m'a dit qu'une enveloppe avec toutes les indications utiles m'attendait sur la table de la cuisine. Il a pris mon sac de voyage, j'ai pris ma valise. Je devinais le gazon, et aussi que l'arbre à ma gauche pouvait être un sapin ou un pin, un conifère en tout cas, alors que celui qui était à ma droite devait être un bouleau. De son feuillage, comme nous passions, un oiseau s'est envolé. « Il y a beaucoup d'oiseaux, par ici », a dit le chauffeur. Il tirait les clefs de sa poche ; ce n'était pas un gros trousseau, mais assez gros, cependant, pour que j'imagine, un instant, du moins, qu'il allait sortir un oiseau de sa poche. Entre-temps, il avait ouvert la porte en faisant tout d'abord tourner la clef dans la serrure du haut puis dans celle du bas, puis s'était écarté pour me laisser pénétrer dans un espace qui, pour le moment, n'était qu'une obscurité un peu plus épaisse que celle d'où nous venions. Obscurité et air confiné. « Il faudra aérer un peu », a dit le chauffeur en avançant comme quelqu'un qui sait où il va. Mais il a fait demi-tour pour allumer la lumière. « L'interrupteur est juste à côté de la porte », a-t-il dit. La porte d'entrée était restée ouverte, et, en baissant les yeux, je me suis rendu compte que je me tenais sur le seuil, un pied à l'intérieur et l'autre dehors. Peut-être aurais-je encore pu rebrousser chemin, ai-je pensé à cet instant, mais pas sous une forme aussi précise, bien sûr, parce que la fatigue rampait sur tout mon corps et que l'air confiné m'a toujours fait horreur. « L'enveloppe est ici », a dit le chauffeur qui se trouvait déjà dans la cuisine. J'ai levé le pied qui était resté dehors, je l'ai levé aussi haut que si je faisais une course de haies, et je suis entré dans la maison. Le chauffeur a dit : « Je vais entrouvrir la fenêtre. » L'éclairage dans la pièce était doux, beaucoup plus doux que je ne m'y attendais. « Vous avez de la nourriture dans le frigo », a dit le chauffeur. Il a parlé des œufs, du lait, du fromage, de la charcuterie, comme s'il faisait les présentations, comme s'il les connaissait personnellement. « Tout est en ordre », a-t-il déclaré, depuis la salle de bains. Il n'a pas parlé des serviettes de toilette, mais j'en avais deux, une petite et une grande, dans mon sac de voyage. Dans l'une, j'avais enveloppé mes manuscrits, dans l'autre, des photos. « C'est tout ce que je peux vous dire », a dit le chauffeur. Le reste, a-t-il ajouté, je l'apprendrais demain à l'université. Il viendrait me chercher à dix heures précises. Il m'a tendu la main. Elle était petite, chaude, et je me suis retenu à grand-peine d'y poser un baiser. Il a refermé la porte d'entrée et m'a laissé seul dans la maison éclairée. La lumière était allumée partout : dans la salle de séjour, dans la cuisine, dans la salle de bains, dans la chambre à coucher, dans la petite pièce où se trouvait l'ordinateur et qui, ai-je supposé, allait être mon bureau. J'ai bien failli courir après le chauffeur, pour lui dire à quel point je détestais l'université — il est parfois bon d'ouvrir son cœur aux inconnus —, mais j'ai alors entendu le moteur se mettre en marche. De toute manière, je n'aurais pas eu la force de franchir une nouvelle fois le seuil ; je traînais déjà avec peine les pieds sur le plancher, incapable de penser à autre chose qu'au jus d'orange, dont le chauffeur ne m'avait pas dit un mot, mais que j'avais demandé, dans une de mes dernières lettres, en insistant, en priant, plus exactement, en exigeant d'en trouver sans faute à mon arrivée. Je détestais l'université et je détestais le monde universitaire, et cette aversion — que je ne ressentais plus comme une haine, mais plutôt comme un malaise auquel on ne peut échapper —, mêlée à la fatigue qui s'insinuait dans mon corps, ne pouvait être adoucie que par du jus d'orange. Si je n'avais pas trouvé ce soir-là du jus d'orange dans le réfrigérateur, me suis-je dit, assis à la table de la cuisine, aucun seuil n'aurait pu m'arrêter. De même, le lendemain, dans le bureau du doyen, c'est le jus d'orange — que j'ai aussitôt demandé à la secrétaire et qu'elle m'a aussitôt apporté — qui m'a empêché de partir. «Aussi longtemps que j'ai du jus d'orange, je peux supporter tout effort», ai-je pensé devant la table de la cuisine, et telle a été, ce soir-là, ma première pensée *précise*. Tellement précise, en fait, qu'il m'a semblé, un instant, que rien ne s'était passé, que j'étais toujours dans *mon* appartement et non pas ici, *à l'étranger*, et que, si je tournais la tête, j'allais voir le calendrier sur lequel je notais, avec le plus grand soin, ce que j'avais l'intention de faire et que, bien entendu, le plus souvent, je ne faisais pas. Cette dernière pensée, cependant, n'était pas aussi précise que la précédente, tout comme le calendrier même n'était plus aussi précis dans ma mémoire. La fatigue ne s'insinuait plus en moi, elle m'accablait; et je sentais qu'il me suffirait de poser le front sur la table pour m'endormir, là, dans la cuisine. Toutefois, j'avais peur des rêves, je redoutais les bruits inconnus, le lit étranger m'angoissait. C'est alors seulement que, pour la première fois, j'ai songé au fait que la maison où je me trouvais appartenait à quelqu'un, dont j'ai presque senti la présence, simple constat sans rien d'alarmant, rien de nettement défini, rien de *précis*, encore moins de surnaturel. Ce genre de chose ne m'a jamais angoissé. J'ai pris le trousseau de clefs, l'enveloppe avec les instructions. Au loin, du côté de la ville, peut-être de l'une des rues par lesquelles nous étions passés, on entendait une sirène d'ambulance. Les instructions étaient fort succinctes, sans signature. Rien n'indiquait qui les avait rédigées. Le téléphone est branché, y lisait-on. Les ordures ménagères sont enlevées le vendredi. L'électricité, l'eau, le gaz, tout est réglé, tout sera prélevé directement sur mon compte. Peut-être trouverais-je l'air trop sec; dans ce cas, il serait bon que je branche de temps à autre l'humidificateur de la salle de séjour. Les ustensiles de cuisine se trouvent dans les placards muraux, les couverts, dans le tiroir à côté du réfrigérateur. Je peux, bien sûr, utiliser l'entrée de devant, mais celle de derrière est plus pratique. On ne disait pas pourquoi elle était plus pratique. C'est à ce moment-là que j'ai remarqué cette porte. J'ai lu « l'entrée de derrière », et j'ai porté mon regard droit sur cette porte, comme si depuis toujours je la savais là, comme si toutes ces instructions avaient été rédigées pour que je la regarde. J'ai bu une gorgée de jus d'orange, je me suis levé et je suis allé l'ouvrir. Elle donnait sur l'arrière-cour, sur des ombres qui, ai-je supposé, étaient celles de buissons de lilas et d'un arbuste d'ornement, un jeune noisetier, peut-être. Le lendemain, à la lumière du jour, tout était différent, surtout les buissons. L'arrière-cour était petite, entourée d'une clôture blanche, en bois, et, au milieu, carrelé de céramique verte, se trouvait un petit bassin vide, autrefois peuplé de poissons rouges ou de tortues d'eau douce, probablement. Je n'ai rien vu de tout cela le premier soir. Le premier soir, j'ai vu les immeubles voisins, contours sombres sous un ciel plus sombre encore, de rares fenêtres éclairées, des feux de signalisation au loin, des enseignes publicitaires pour pizzas et pour dépannages. J'ai refermé la porte en me disant : « Ici, je ne pourrai pas vivre » — pas aussi précisément, bien sûr, mais avec une certitude qui m'a bouleversé. « Ici, je ne pourrai dire à qui que ce soit que je le déteste », ai-je pensé, avec un peu plus de précision mais bien moins de certitude. « Je marcherai dans la ville, me suis-je encore dit, et la haine me dévorera les entrailles et se déversera dans mes paroles. » J'ai ressenti une gratitude infinie pour la personne qui s'était donné la peine d'exaucer mon désir en achetant le jus d'orange et en le plaçant dans le réfrigérateur. La maison était toujours éclairée, le sac de voyage et la valise attendaient près de la porte d'entrée, l'horloge de la cuisine émettait des sons doux et réguliers, comme si quelqu'un faisait claquer sa langue. « Ici, la nuit dure infiniment », me suis-je dit, sans la moindre précision, pensant plus à l'« infini » qu'à la « nuit », plus à « ici » qu'à la « durée ». Depuis longtemps, j'avais rompu avec la durée, et s'il y avait une raison qui m'avait pourtant fait accepter l'invitation et venir ici, il fallait donc la chercher dans ce avec quoi j'avais rompu, et nulle part ailleurs. J'étais venu ici parce que j'avais cessé de durer. Je n'étais qu'une suite de séquences discontinues, un perpétuel commencement, qui n'avait jamais de fin. Je suis allé me coucher, comme ça, tout à coup, laissant les lumières allumées, le papier avec les instructions sur la table de la cuisine, le sac de voyage et la valise où je les avais posés. J'ai seulement remis le jus d'orange dans le réfrigérateur. J'ai fermé les yeux, et quand je les ai rouverts, il faisait jour. Couché dans le lit, je m'attendais à sentir de nouveau la fatigue, le vertige ou la faim, mais je ne sentais rien. Le chauffeur est arrivé à dix heures, comme il me l'avait dit. En attendant, je m'étais rasé, j'avais défait le sac de voyage et la valise, rangé mes affaires dans le placard, posé mes papiers à côté de l'ordinateur. Quand j'ai ouvert la porte, le chauffeur m'a tendu la main. « Vous avez bien dormi », a-t-il dit. Ce n'était pas une question, il a seulement dit : « Vous avez bien dormi », comme si cela allait de soi, comme si tout le monde, dans cette ville, dormait bien. J'ai mis mon veston et pris la pochette avec la correspondance. L'idée que je n'aurais pu maintenant le regarder dans les yeux si je lui avais ouvert mon cœur la veille m'a traversé l'esprit pendant que nous prenions place dans la voiture. Parfois, il n'est pas mauvais de ne pas faire ce que l'on désire le plus, cela nous préserve des regrets, et ainsi, même les fautes que nous n'avons pas commises nous servent de leçon. De jour, les rues paraissaient plus larges. Elles se croisaient à angle droit, comme dans tout labyrinthe bien conçu. Le chauffeur attirait mon attention sur les bâtiments devant lesquels nous passions, l'église baptiste, le centre commercial, sur l'autoroute principale qui, disait-il, menait d'un bout du pays à l'autre, ce qui voulait dire, en fait, d'un bout à l'autre du continent, sur une colline qui se perdait dans des vallonnements lointains, et qui, disait-il, pouvait être considérée comme le début ou la fin des montagnes, le début ou la fin de la grande plaine. « Pour les Indiens, ajouta le chauffeur, cette colline était sacrée. » Il avait de hautes pommettes saillantes; peut-être était-il lui-même indien. Le ciel était bleu et clair, profond comme une auge renversée. On distinguait nettement la courbure du firmament. « C'est parce que nous sommes très au nord », a dit la secrétaire du doyen en me tendant le verre de jus d'orange que j'avais demandé aussitôt entré dans le bureau, tout en ajoutant sans transition que j'étais ébloui par l'immensité et par le bleu du ciel, comme si je n'avais encore jamais vu le ciel et comme si c'était là le seul motif qui me faisait désirer un jus d'orange. En fait, s'il n'y avait pas eu de jus d'orange à ce moment-là, dans le bureau du doyen, ni la veille au soir dans le réfrigérateur, je serais probablement aussitôt retourné d'où j'étais venu. J'ai toujours détesté l'université et son milieu, et voici que je me trouvais au cœur même de la vie universitaire, que je la sentais palpiter autour de moi et que je devais faire comme si je ne la détestais pas, comme si je ne la sentais pas. Tous les discours sur l'importance de l'enseignement étaient au fond absurdes; personne, ni dans ce milieu universitaire ni dans aucun autre, ne savait ce qu'est l'instruction ni comment on l'acquiert, tout cela n'était qu'un jeu illusoire où l'on ne faisait que jongler avec les faits pour assouvir sa vanité et l'étayer de chimères. Dès l'instant où le chauffeur m'a déposé devant le haut bâtiment des sciences humaines et où j'ai mis les pieds dans le vaste hall, brusquement plongé dans le brouhaha des étudiants, j'ai eu envie de repartir, et d'autant plus quand j'ai observé, dans l'ascenseur, les garçons et les filles avec leurs sacs à dos, leurs blocs-notes et leur acné. Seul le jus d'orange m'a retenu. À cet instant-là, et un peu plus tard, dans le bureau du doyen, alors que je faisais connaissance avec les professeurs et les chargés de cours et que je les écoutais y aller de leurs phrases sur la tragédie d'un pays en guerre, le destin impitoyable et la fatalité de l'histoire. « Peut-être aurait-on pu éviter tout cela », a dit le professeur de sociologie, une femme menue aux cheveux noirs. Le professeur de sciences politiques, lui, a seulement eu un geste désabusé de la main. La secrétaire du doyen a versé encore du jus d'orange dans mon verre. J'ai signé divers papiers, reçu une enveloppe avec un chèque, le calendrier de mes cours et des réunions littéraires. « Vous serez heureux ici », a dit la secrétaire du doyen. Elle avait des yeux bleus, du même bleu que le ciel. Elle m'a conduit au bureau qui m'était destiné. Je me suis dit que si je devais traverser encore une fois le hall plein d'étudiants, je tournerais de l'œil. Le doyen est apparu à la porte. « Vous êtes venu ici pour écrire, a-t-il dit, et nous ferons en sorte que rien ne vous en empêche, surtout pas les souvenirs. » Je n'ai pu me remémorer le moindre souvenir. « Quand un État se disloque, a dit le professeur de sciences politiques qui se tenait derrière le doyen, on peut difficilement faire tenir ensemble les diverses parties du corps. » Il a haussé les sourcils, attendant une réponse. Je ne lui en ai donné aucune. J'ai pensé à la maison où j'avais passé la nuit, au miroir terni de l'entrée, au placard trop grand pour mes affaires. Le professeur de sciences politiques a ajouté que l'État, c'est le corps, le peuple, les bras et les jambes, et la tête, le parlement. Il n'a rien proposé pour le cœur. « Le cœur, c'est de l'histoire ancienne », a-t-il dit. « Le cœur, c'est l'anarchie », a ajouté le doyen. En Europe, estimaient-ils, on accorde beaucoup trop d'attention au cœur, comme si la tête ne reposait pas sur le cou et les épaules, sur le tronc et les jambes. « L'État qui repose sur le cœur est condamné à la ruine », a dit le professeur de sciences politiques. J'ai alors songé que j'avais peut-être cru trop vite ne pouvoir dire ici à quiconque que je le détestais. À la différence de la soirée précédente, je pensais maintenant d'une manière beaucoup plus précise, même si je sentais dans mes articulations, celles des genoux surtout, des bourgeons de fatigue qui allaient éclore au cours de la journée, j'en étais sûr, s'épanouir en fleurs ou plutôt en plantes grimpantes qui m'obligeraient à me traîner, pour aller de la cuisine à la salle de bains, du bureau au téléviseur. Je suis rentré à pied. Auparavant, dans l'ascenseur, je m'étais de nouveau trouvé parmi les étudiants et leurs regards vides, en train de m'efforcer autant que je le pouvais de ne pas exister. Une colline dont je ne connaissais pas le nom dominait l'artère qui reliait le campus au quartier de la ville où se trouvait la rue avec la maison dans laquelle j'avais passé la nuit. Je ne savais même pas comment s'appelait cette rue, je ne savais rien. Je me suis dit que cette ignorance bienheureuse n'allait pas durer longtemps ; bientôt, chaque chose aurait son nom, plus rien ne pourrait être simplement l'objet du regard, sans appartenance ; toute chose serait ce qu'elle est et rien de plus. Sur un panneau en bois, près de l'église, on pouvait lire : « Dieu est dans les détails », en lettres rouges ; seul le point, à la fin de la phrase, était noir. M'étant éloigné de l'université, j'ai commencé à respirer à pleins poumons, mon pas est devenu plus ferme ; mes bras se balançaient et j'ai même relevé la tête et cessé de cligner des yeux. Rien ne démolit davantage un homme qu'un enseignement prétentieux, qu'un système qui s'impose à lui comme incontestable. Rien n'est aussi terrible qu'une phrase qui prétend être la seule exacte, qu'elle parle du cosmos ou d'une recette de gâteau aux fruits. Il n'y a qu'une manière d'apprendre quelque chose : ne pas l'apprendre, voilà ce que je pensais en attendant que le feu passe au vert. Le professeur de sciences politiques m'avait annoncé qu'il m'inviterait à déjeuner au club de l'université à la première occasion, et je sentais déjà ce repas, chaque bouchée ingurgitée, me peser sur l'estomac. Si je n'avais pas su qu'à la maison où j'avais passé la nuit m'attendait du jus d'orange, j'aurais sans doute vomi, là, dans la rue, le potage et le sandwich que je n'avais même pas encore avalés. Appuyé contre le poteau des feux de signalisation, j'observais les nuages qui accouraient du fond de l'horizon. « Ici, il ne pleut presque jamais », avait dit le chauffeur ; puis il avait ajouté : « L'air est tellement sec, ici, qu'on souhaiterait parfois vivre sous une chute d'eau. » Je ne me souvenais pas que nous eussions autant parlé ; peut-être lui l'avait-il fait dans la voiture même pendant les moments où je somnolais, et peut-être ces moments avaient-ils duré plus longtemps que je n'en avais eu l'impression ; peut-être ces phrases surgissaient-elles à présent de mon subconscient et prenaient-elles vie. « Sottise, ai-je fait. Comment une phrase pourrait-elle prendre vie ? » Une femme qui se trouvait à côté de moi m'a lancé un coup d'œil méfiant ; derrière moi, un homme a toussoté. Les feux ont changé. Les nuages ont changé aussi. Moi seul suis resté le même, me suis-je dit en traversant la rue, sans pouvoir cependant en être tout à fait sûr. Il ne faut pas en être tout à fait sûr, ai-je insisté à part moi en longeant la clôture grillagée qui entourait le terrain de sport d'une école. On ne doit jamais être tout à fait sûr de rien, ai-je répété en montant une légère pente, il vaut toujours mieux, ai-je ajouté en me retenant à grand-peine de parler tout haut, compter sur l'incertitude, ne prendre carrément appui que sur une seule jambe, afin de garder l'autre prête à toute éventualité. À l'angle de la rue où se trouvait la maison dans laquelle j'avais passé la nuit, des ouvriers étaient en train de bâtir les murs d'un nouvel immeuble.

L'un d'eux chantait, un autre tenait des clous entre les lèvres. Je ne pouvais toujours pas considérer cette rue comme mienne ; en fait, je ne savais même pas comment elle s'appelait, j'avançais du pas de celui qui s'en va plutôt que de celui qui arrive, mais pas de celui qui vit là, en tout cas. J'avais atteint la porte d'entrée, celle de devant, et j'allais sortir mes clefs quand je me suis souvenu du conseil d'emprunter plutôt la porte de derrière ; j'ai contourné la maison avec précaution, persuadé que chacun de mes pas pouvait faire s'envoler un oiseau d'un arbre ou de l'auvent. Arrivé dans l'arrière-cour, je me suis arrêté pour souffler un peu. Un portillon blanc était pratiqué, presque dissimulé, dans la clôture blanche ; tout comme je m'étais aventuré la veille sur le perron en bois, je suis allé explorer rapidement du regard l'allée de derrière, puis je suis revenu sur mes pas et j'ai jeté un coup d'œil sur le petit bassin. Entre-temps, les nuages avaient disparu et le ciel, bleu et pur, à perte de vue, était pareil au ciel d'un autre pays, mais je n'arrivais pas à me rappeler lequel. Ce pays, je l'avais pourtant visité, et plutôt deux fois qu'une, me semblait-il ; et cependant, là, dans cette cour, je restais planté devant le carrelage vert, je le scrutais sans pouvoir me souvenir du nom de ce pays ; il me reviendrait sans doute, si je regardais à nouveau le ciel, me suis-je dit, fixant toujours du regard le petit bassin vide. C'est alors que j'ai senti que quelqu'un m'observait. Tout d'abord, presque à la dérobée, j'ai lancé un regard sur la fenêtre de la cuisine, puis, prenant un peu plus de liberté, sur la fenêtre du bureau, ensuite, tout à fait redressé, sur la petite vitre de la porte. Puis, j'ai entendu un léger bruit et j'ai aperçu, derrière la clôture blanche, dans la cour voisine, une fillette. Ses yeux, entre deux lattes, m'épiaient, et, un peu plus bas, entre ces mêmes lattes, elle avait passé un genou, le gauche, selon toute vraisemblance, pendant que de l'autre, supposais-je, elle s'appuyait contre la palissade. J'ai encore une fois parcouru du regard les fenêtres de ma maison et encore une fois je l'ai fixé sur la fillette. Elle a passé la langue sur ses lèvres et elle a cillé. Au même instant, l'image d'un verre plein de jus d'orange s'est imposée à moi avec une précision telle que j'ai dû fermer les yeux. Quand je les ai rouverts, la fillette n'était plus là. Si je les refermais de nouveau, me suis-je dit, puis les rouvrais encore une fois, peut-être reviendrait-elle ? Plus tard, en y repensant, la précision de cette idée m'a surpris : c'était un peu comme si, à ce moment-là, alors que je me tenais au-dessus du petit bassin, les paumes appuyées sur le rebord, toute ma fatigue s'était dissipée — ce qui ne pouvait être vrai, de toute évidence, puisque, quelques instants plus tard, après être monté sur le perron, avoir ouvert la porte de derrière et être entré dans la maison, c'est-à-dire au moment où j'ai pénétré dans la salle de séjour et écarté les rideaux, j'ai senti la fatigue me retomber dessus, se camper à cheval sur mon dos et m'éperonner les fesses. Il y a des jours, me suis-je dit, qui ne finissent jamais. J'ai pensé à la journée précédente, qui, à cause des fuseaux horaires et des décalages, s'allongeait sans cesse, dans les avions et les aéroports, de sorte qu'à chaque fois, où que ce fût, on me servait le déjeuner, ou peut-être le goûter, mais jamais le dîner ; et que je n'ai jamais eu la possibilité de me dire que la journée était finie, même si cette idée n'était pas aussi précise, ni alors ni à présent, car cette journée, d'une certaine manière, durait encore, ce qui se manifestait surtout par la fatigue, par une douleur sourde dans mes mollets et dans mes cuisses et par l'impossibilité de terminer mes phrases. Je me suis assis sur le canapé et j'ai regardé, par la grande fenêtre, les oiseaux s'enfoncer dans le feuillage du bouleau. Puis un écureuil a traversé le gazon. Il avait une queue fournie, de petits yeux noirs, et de ses petites pattes s'essuyait de temps à autre le museau. Le ciel était toujours bleu, du moins la partie que j'en pouvais voir ; celle que je ne voyais pas n'était de toute façon pas mon ciel et aurait pu, si on m'avait demandé mon avis, être le cœur d'un orage ou tout aussi bien le comble du temps sec. Mais personne ne me demandait rien, personne ne me demanderait rien dans cette maison, me suis-je dit, malgré la fatigue. Il aurait suffi que je renverse un peu la tête et que je sente le dossier du canapé contre ma nuque — sans parler de l'envie que j'avais de m'étendre sur le plancher — pour m'endormir brusquement, comme je me suis endormi plus tard, vers minuit, aussitôt que j'ai posé la tête sur l'oreiller, comme on dit, sans même avoir eu le temps de me couvrir, si bien que, le lendemain matin, je me suis réveillé en frissonnant et avec la crainte d'avoir attrapé froid, même si je n'ai jamais cru que le froid puisse rendre malade. Je me suis levé, rasé, j'ai rangé mes papiers, près de l'ordinateur, dans un ordre différent, j'ai inspecté les livres sur les étagères de la cuisine et du bureau. Je me suis immobilisé devant la fenêtre de la cuisine et j'ai relevé les cheveux qui me tombaient sur le front. La salle de séjour était orientée à l'est, la salle de bains au nord, la cuisine à l'ouest, et l'arrière-cour demeurait dans l'ombre. Je me suis hissé sur la pointe des pieds pour essayer de voir la cour voisine. J'ai aperçu du gazon, deux étroites plates-bandes de fleurs, un buisson de roses, un petit abri pour les oiseaux, une balle dans l'allée. Toujours sur la pointe des pieds, j'ai jeté un coup d'œil de l'autre côté, mais je n'ai rien pu voir, à cause d'une haute haie pleine de petites fleurs et de longues épines fines ; celles-ci, je ne les ai pas *vraiment* vues, mais seulement devinées, à la forme des feuilles et à la densité des fleurs, en attribuant cette intuition à mes maigres connaissances botaniques. « Ici, je vieillirai », me suis-je dit tout à coup, toujours hissé sur la pointe des pieds, incliné au-dessus de l'évier, le nez presque collé à la vitre. Cette pensée m'a paru familière, comme si je l'avais déjà lue quelque part. Reprenant appui sur la plante des pieds, je me suis retourné, je suis allé vers le réfrigérateur, j'en ai sorti le jus d'orange. Quelque part, un chien a aboyé. Le verre à la main, je me suis dirigé vers la pièce où se trouvait l'ordinateur. J'ai examiné les chemises en carton que j'avais apportées, mes paquets de manuscrits, mes carnets de notes, les coupures de revues littéraires, et je les ai rangés selon une tout autre disposition. J'ai toujours cru au pouvoir de l'organisation, à l'ordre, allais-je dire, bien que personne ne m'eût rien demandé. D'une enveloppe brune, j'ai sorti les papiers que m'avait donnés la secrétaire du doyen : un double de mon contrat, des formulaires pour la sécurité sociale et les soins dentaires, le plan du campus, les horaires de la bibliothèque, un dépliant avec les adresses des librairies et des musées et une liste de mes obligations, comprenant trois réunions littéraires, une conférence sur le nationalisme, un entretien sur la littérature contemporaine, un débat sur la poétique du récit court, des rencontres avec les étudiants du cours de création littéraire, une visite à une école primaire, une autre à un lycée, une séance de lecture de mes inédits. Je ne savais de quels inédits il était question, mais j'ai senti, malgré le jus d'orange, la vieille haine remonter en moi, et je me suis dit que j'aurais dû, l'avant-veille, rattraper le chauffeur et lui ouvrir mon cœur, lui dire à quel point, vraiment, je détestais l'université. Je me serais senti le cœur plus léger, *maintenant* que je n'avais personne à qui le dire, sauf à moi-même. Et même pas tant l'université, me suis-je dit, que la foi en l'enseignement, en un système d'apprentissage ayant la prétention de faire voir les choses à ses disciples mieux que ne pourrait jamais les voir quiconque reste en dehors de ce système ; autrement dit, je détestais tout système, surtout celui prêchant qu'on peut tout apprendre, donc l'écriture aussi, donc tous les arts aussi, comme si l'écriture et donc tout art étaient vraiment une science, une somme de définitions, d'équations et de négations. J'irai voir le doyen, ai-je pensé, et je lui dirai que je ne peux pas rester, en soulignant que ce n'est pas à cause de lui, bien entendu, mais parce que croire en l'enseignement, surtout s'agissant de l'art, implique qu'on ne croit pas en l'art, en ce dont il est fait : des vides entre les mots, des silences entre les sons, des blancs entre les images. Celui qui croit que l'on peut apprendre à écrire, qu'un poème est une construction, qu'un récit est une architecture, n'appréhendera jamais ce qu'ils sont vraiment, et ce qu'il aura *tout de même* écrit — puisque l'alphabet, le vocabulaire et la grammaire peuvent s'apprendre — ne sera que constructions, coquilles architectoniques, squelettes du langage. Je n'ai pas porté plus loin ma pensée, j'ai seulement laissé la haine me ronger, en répétant « constructions, coquilles, squelettes » de plus en plus fort, et j'ai fini par crier ces mots à pleins poumons. Assis dans la pièce où se trouvait l'ordinateur, je hurlais à tue-tête ces trois mots, comme s'il s'était agi du slogan d'un parti politique. Bien entendu, je n'ai rien contre les étudiants, me disais-je tout en criant ; ils ne font que ce que le système attend d'eux — mais je ne pouvais accepter cela comme une justification. Cela ne pouvait justifier personne, et qui le comprend, qui le comprend *vraiment,* qui sait ne faire que ce que le système attend de lui, doit accepter de se plier à ce système. Je dirai au doyen qu'il concevait l'art, ou mieux vaudrait peut-être dire la littérature, comme partie d'un système et, par conséquent, comme une nécessité, alors que la littérature est liberté, liberté de choix, liberté de renoncement, liberté d'être différent. Ma gorge a commencé à me faire mal et j'ai cessé de crier. J'ai bu quelques gorgées de jus d'orange et je me suis souvenu qu'à midi j'avais rendez-vous, pour déjeuner, avec le professeur de sciences politiques. Mon cœur battait fort, mon front se couvrait de sueur, je respirais avec peine. Je suis allé dans la salle de bains, j'ai ouvert le robinet d'eau froide, je l'ai laissée couler, puis j'ai mis mes poignets sous le jet chuintant. Pendant que l'eau coulait, emportant avec elle cette sorte de rage qui m'habitait, j'ai senti, penché sur la baignoire encastrée dans le sol, une autre rage s'éveiller en moi : je savais déjà à quoi allait ressembler ce déjeuner avec le professeur de sciences politiques. J'ignorais ce que serait ce repas, au juste, et même si nous mangerions quelque chose, mais je savais d'avance, en revanche, ce qu'allaient être ses questions, et mes réponses, et ses remarques sarcastiques et ses tentatives d'avoir le dessus et mes manœuvres de contre-attaque et les questions que je lui poserais, pour riposter. Je savais que, d'émotion, j'aurais la bouche sèche, et que j'absorberais, par conséquent, trop de liquides; qu'au-dessous de la table, je me sentirais gonflé comme une barrique, comme une boîte de conserve pleine de gaz toxique, tandis que je le regarderais droit dans les yeux avec une haine non dissimulée. J'ai fermé le robinet et je me suis souvenu du simple geste désabusé de cet homme, quand la femme menue aux cheveux noirs, le professeur de sociologie, avait dit : « Peut-être tout cela aurait-il pu être évité », à ces paroles qui ressemblaient plutôt à une question qu'à une affirmation, j'avais aussitôt voulu répondre : « Bien sûr que cela aurait pu être évité », mais alors, le professeur de sciences politiques avait eu ce geste de la main qui effaçait mes paroles avant même que je les eusse prononcées. Lui était professeur, lui savait, lui était l'héritier du temple de la science, lui seul avait accès à la pièce sacro-sainte derrière l'autel de la connaissance. Quand il fait son geste de la main, le monde se ferme, ou s'ouvre, selon la direction que prend sa main, mais après ce geste, qu'il soit d'ouverture ou de fermeture, les mots n'ont plus aucun sens. Si je sais tout cela, pourquoi me rendre à ce déjeuner, me suis-je demandé, non plus penché au-dessus de la baignoire, mais debout devant le miroir. Pourquoi ne pas rester à la maison ? J'ai un peu hésité, avant de former à part moi le mot « maison », mais je l'ai tout de même formé. J'ai essayé de refaire le geste du professeur devant le miroir. D'abord d'une main, puis de l'autre ; puis je les ai agitées toutes les deux à la fois, de bas en haut et de haut en bas, de droite à gauche et de gauche à droite, comme si je voulais m'envoler. Mon front était encore couvert de sueur, une goutte glissait même sur ma joue, sur la joue droite dans le miroir, alors qu'en réalité elle me chatouillait la joue gauche. J'ai attendu qu'elle atteigne la commissure de mes lèvres, je l'ai alors recueillie du bout de la langue et je l'ai léchée. Elle était salée, comme toute goutte de sueur, je suppose ; il n'y avait pas de raison que les miennes diffèrent des autres. J'ai cessé de gesticuler et j'ai fixé du regard ma bouche. « J'y vais », ai-je dit avec ma bouche dans le miroir, « non pas pour lui démontrer qu'il a tort, mais pour me prouver à moi-même que je n'ai pas tort. » Je n'étais pas sûr que cette affirmation fût exacte ou logiquement défendable, mais la bouche dans le miroir a souri, et, un instant, j'ai entrevu une langue rouge pâle et des dents irrégulières. J'ai pris la petite serviette — celle dans laquelle, la veille encore, étaient enveloppées mes photos — et je me suis essuyé le front, la bouche, les joues, les mains, tout ce que je pouvais essuyer. J'ai mouillé mon peigne et refait soigneusement ma raie. Je suis sorti par la porte de derrière, après avoir vérifié si j'avais les clefs dans ma poche. J'ai tiré la porte en tendant l'oreille pour entendre le cliquetis de la serrure, j'ai traversé la cour et je me suis engagé dans l'allée gravillonnée. Tout a été si soudain, me suis-je dit, aussi bien mon départ que mon arrivée, l'arrivée surtout, je n'ai pas encore eu le temps de me ressaisir, je suis encore pareil à une suite de scènes maladroitement assemblées par un monteur inexpérimenté, comme si ma vie se disloquait en même temps que l'histoire de mon pays, de mon *ex*-pays, ai-je dû ajouter ; comme si je n'étais plus un seul homme, un être, mais plusieurs hommes et plusieurs êtres, si bien que je voyais chaque chose simultanément sous des angles différents, en une infinité d'instants démultipliés, de sorte que chaque pensée devenait aussitôt une multitude de pensées, semblables, mais suffisamment différentes pour m'empêcher d'en accepter aucune, ce qui, en définitive, me laissait vidé, brisé, pareil à une coque, à une épave, ou plutôt à des coques, à des épaves auxquelles tous ces êtres et toutes ces pensées se réduisaient aussi. « Si un État est atteint de folie », ai-je demandé au professeur de sciences politiques pendant que le garçon nous versait du vin blanc, « les gens doivent-ils inévitablement devenir fous eux aussi ? » Le professeur découpait soigneusement sa viande en petits morceaux égaux. « Ne pensez-vous pas, a-t-il demandé, que ce processus se déroule en sens inverse : que ce sont d'abord les gens qui deviennent fous, et ensuite l'État ? » Je n'étais pas sûr que nous nous fussions compris. À vrai dire, je n'étais pas sûr qu'il désirait me comprendre. Ses comparaisons m'échappaient, tout comme ses métaphores, où l'État était tantôt un corps humain, tantôt un palais royal, tantôt un royaume céleste. Il parlait de la souveraineté comme s'il s'agissait d'un mets, d'une crème à tartiner, d'un fruit exotique, et, aussitôt après, à peine avais-je eu le temps de m'en représenter les croûtons rognés ou les pelures rejetées, il parlait de l'inviolabilité de la souveraineté, de l'inadmissibilité de sa modification. Quand j'ai tenté de lui faire remarquer les contradictions flagrantes de ses appréciations, il a dit que les contradictions n'étaient pas de son fait, que c'est l'histoire qui procède des contradictions, du paradoxe de l'existence simultanée d'éléments logiquement inconciliables. Tout sujet historique exige un point d'observation particulier, a-t-il affirmé, car l'histoire n'est pas un ensemble uniforme ; l'histoire est une somme d'histoires particulières, quelque chose de semblable aux grandes orgues d'une église où chaque tuyau a son existence propre, qui ne prend cependant tout son sens que dans l'ensemble auquel il appartient. « Je n'ai jamais aimé les orgues », ai-je dit. Le professeur de sciences politiques a ri. « L'histoire n'a que faire de l'amour », a-t-il dit après s'être essuyé la bouche. « L'histoire est comme un orgelet », ai-je répliqué. Je ne savais pas du tout ce que je voulais dire par cette image, mais le professeur de sciences politiques n'y a pas prêté attention, occupé qu'il était à découper sa viande en petits morceaux égaux et à empaler d'un geste d'inquisiteur ses choux de Bruxelles sur sa fourchette. Pendant notre discussion, il a saisi toutes les occasions de me présenter aux gens qui passaient. Dans cette salle à manger des enseignants, au club de l'université, ce n'étaient que professeurs, doyens, assistants, chargés de cours ou docteurs. Je n'ai échangé une poignée de main qu'avec un seul étudiant, de troisième cycle, dont le visage était déjà marqué, hélas, par la crispation et le poison de la profession universitaire. Je ne sais, à vrai dire, comment j'ai fait pour ingurgiter ce déjeuner, sans cesse exposé, comme je l'étais, aux regards tantôt curieux tantôt indifférents des uns et des autres. Après chaque présentation et chaque échange d'« idées » avec le professeur de sciences politiques, j'avalais un peu de liquide, d'abord du vin blanc, puis de l'eau, ensuite du café tiède, et, pour finir, j'ai demandé du jus d'orange, tant j'avais la bouche sèche, d'irritation et de rage. Quand mon interlocuteur a employé le mot « expérience » — « votre pays a été une expérience ratée », tels ont été ses termes —, j'ai cru que j'allais m'évanouir. Seule la honte du scandale m'a empêché, comme toujours, de me lever. « Mon pays a été une expérience ratée », ai-je répété en hochant la tête et en passant ma langue sur mes lèvres gercées. Que j'aie répété sa phrase, le professeur l'a pris pour un acquiescement. « Oui, oui, oui, s'est-il exclamé en se tapant sur les cuisses, une expérience ratée. » Plutôt que de m'évanouir, j'aurais mieux fait, peut-être, de lui envoyer la bouteille de vin à la figure, me suis-je dit, ce qui m'a aussitôt calmé. J'ai senti ma respiration devenir plus paisible, ma bouche n'était plus aussi sèche, et j'ai même senti mes lèvres s'étirer en un sourire. Ce sourire, le professeur l'a aussitôt interprété comme un acquiescement supplémentaire. Il a commandé une autre bouteille de vin et a commencé à développer sa théorie sur l'État raté qui, a-t-il décrété, engendre des systèmes ratés, des produits ratés et, inévitablement, des hommes ratés. « Sauf de rares exceptions », a-t-il ajouté en m'adressant un regard entendu. Tous les autres, a-t-il affirmé, ne sont que des esprits nains, des personnalités atrophiées qui, non pas par leur faute, bien entendu, sont incapables de réussir, même s'il leur arrive de se trouver sur un autre sol, dans un autre pays. Ils sont tout simplement condamnés à l'étroitesse d'esprit, aussi longtemps que, grâce au métissage, aux apports nouveaux, ils n'auront pas créé un nouvel hybride, une nouvelle espèce — ce qui ne demande qu'une condition préalable : qu'ils se débarrassent de leur nostalgie. « La nostalgie tue, a dit le professeur. Si le maïs était nostalgique, jamais il ne donnerait un épi riche en grains. » Je ne savais que dire. Jamais je ne m'étais imaginé comme un épi de maïs. Mes lèvres, à force de sourire sans arrêt, commençaient à me faire mal ; je supposais que mes joues étaient défigurées par des plis creusés des ailes du nez au menton. Le professeur de sciences politiques a consulté sa montre et a dit qu'il devait partir, pour son cours. Il espérait que nous nous reverrions, et même que nous nous *fréquenterions* pendant mon séjour ; vraiment, il n'en revenait pas de voir comment, dans ces pays ratés, parvenait à se créer une culture *réussie*, même si elle n'était qu'une addition d'individus exceptionnels, de ceux qui échappent au destin inexorable, ce qui, a-t-il ajouté, ne faisait que confirmer ce destin, même à présent que l'histoire avait une nouvelle fois redistribué les cartes, et que cette nouvelle donne nous ramenait où nous en étions avant le début de la partie. Il s'est levé et m'a tendu la main. Lui parti, j'ai ramassé les miettes sur la table, ce que je fais toujours. Le club était vide, les garçons desservaient, remettaient sur les tables les vases de fleurs, quelqu'un a mis un aspirateur en marche. Tout à coup, j'ai manqué d'air, comme si l'aspirateur engloutissait l'oxygène et non pas la poussière du plancher. J'ai tâté mon visage : le sourire avait disparu, mais les plis étaient restés. « Ici, je vieillirai », me suis-je dit. Cette idée m'a semblé familière, comme si quelqu'un l'avait énoncée, récemment, en ma présence. Je me suis retourné et j'ai vu le serveur. Il haussait les sourcils, d'un air interrogateur, où se lisait l'espoir que je n'allais plus rien commander. Je suis parti, j'ai descendu l'escalier et je suis arrivé dans la salle où les étudiants prenaient leur repas. Si je n'avais pas été accablé par la discussion avec le professeur de sciences politiques, je n'aurais probablement pas pu bouger d'un pouce, confronté à une telle multitude, aux odeurs de nourriture et au relent de la foi en l'enseignement. Mais, vu les circonstances, porté par la lassitude, je me bornais à avancer parmi eux comme s'ils n'existaient pas, ou plutôt, comme si moi je n'existais pas. Du point de vue du professeur de sciences politiques, il se pouvait bien que je n'existe pas. Du point de vue de l'histoire, je n'existais certainement pas. De mon point de vue, je n'en savais rien. Tout ce qui, naguère encore, était pour moi un tout n'était maintenant plus qu'une somme de fragments, et si tout s'était désagrégé, je pouvais alors en déduire avec quelque certitude que je m'étais désagrégé moi aussi, que je n'étais plus qu'un ensemble de fragments que seul le doute ou l'indécision maintenait assemblés. Une fois dehors, j'ai respiré à fond. Le ciel était bleu comme si jamais il n'avait été différent. Une jeune fille relevait sa jupe en montant sur son vélo, et j'ai aperçu, un instant, une veine bleue sur la face interne de sa cuisse. Sur une camionnette bleue aux vitres grillagées ressemblant aux véhicules de police de mon pays, on pouvait lire, en lettres blanches : « Sécurité universitaire ». L'immeuble d'en face était bleu, lui aussi, tout comme les trois bandes sur mes baskets. Si je ne bouge pas rapidement, me suis-je dit, le monde va devenir monochrome, dépourvu de toute diversité. Un instant, sous le doux soleil d'automne, cette possibilité m'a paru très attrayante. Les différences, d'ailleurs, ne font que confirmer les ressemblances, c'est tout. J'ai fermé les yeux et je me suis souvenu de la fillette derrière la clôture. Je voyais nettement son genou, plus pâle que les lattes blanches entre lesquelles elle l'avait glissé. Quelqu'un, en passant, a parlé des étoiles : « Le ciel était plein d'étoiles, hier soir. » Puis quelqu'un d'autre m'a effleuré le dos de la main. Quand j'ai ouvert les yeux, j'ai vu la secrétaire du doyen, qui tenait une boîte en polystyrène jaune. Elle venait d'acheter pour son déjeuner un plat chinois qu'elle aimait beaucoup, a-t-elle dit, et elle m'avait vu, devant la porte, les yeux fermés, un peu penché, il lui semblait même que je vacillais, et elle avait eu peur que je ne tombe. « On aurait dit que vous alliez tomber », a-t-elle dit. Devant ces étudiants, on pourrait bien porter un mort, ils ne tourneraient même pas la tête, à tel point rien ne les intéresse, pas plus ce qu'on leur enseigne que le reste, si bien qu'elle se demandait parfois ce qu'ils cherchaient là, en fin de compte. « Et alors, je me dis qu'ils ne savent même pas où ils se trouvent, a-t-elle dit. Ils déambulent d'un bâtiment à l'autre, se vautrent sur le gazon, vont à la bibliothèque ou dans les salles de sport, mais, dans leur for intérieur, ils se voient peut-être dans de tout autres endroits, qui sait lesquels. Je peux bien m'en imaginer certains, mais, pour la plupart, je ne veux même pas y penser. » Je ne devais pas, bien sûr, a-t-elle ajouté, en déduire qu'elle était de ces gens qui détestent les jeunes pour la seule raison que les années passent inexorablement ou bien parce que, tandis que leur mobilité décline, ils sont sans cesse confrontés à la mobilité croissante des jeunes, à la rapidité avec laquelle ceux-ci se déplacent d'un endroit à l'autre. « Il ne faut jamais envier ceux qui, tôt ou tard, deviendront comme nous, surtout pas ces garçons et ces filles », a-t-elle dit en désignant du menton les étudiants qui traînaient dans les allées et sur les pelouses. « Je ne pourrais pas supporter encore une fois toutes ces misères dues à l'acné et aux premières expériences sexuelles », a-t-elle dit. Si, pour certains, le sens de la vie c'était la répétition, pour elle, c'était d'éviter la répétition, a-t-elle poursuivi. Elle n'avait jamais pu comprendre ceux qui empruntent toujours le même chemin, sans se soucier des circonstances, et qui présentent ça comme un exploit, sans même se rendre compte qu'ils éliminent ainsi de leur existence ce qui donne justement à la vie son vrai sens, et qui, d'une certaine manière, fait la vie. « Et c'est ? » lui ai-je demandé. Elle m'a regardé droit dans les yeux. « L'imprévu », a-t-elle soufflé. Et un enseignement qui n'était pas de l'imprévu, qui, autrement dit, n'était pas de l'aventure, n'était pas un véritable enseignement mais seulement, comme c'était ici le cas, un système dépourvu de surprise, si bien que l'on savait, dès le début d'un cours, comment il allait se terminer. Elle était depuis bien assez longtemps à l'université pour avoir vu comment, sous prétexte de promouvoir les diverses libertés et les prétendues égalités, on étouffait toutes les libertés, comment la liberté de pensée reculait devant la peur d'une opinion politiquement incorrecte, comment le système devenait sacro-saint, car si quelqu'un s'en écartait, il ne pouvait plus s'y refaire une place. « Le système le rejette comme un corps étranger » ; c'est ainsi qu'elle s'est exprimée. Puis elle est partie. J'aurais pu, bien entendu, refermer les yeux, essayer de me rappeler la pâleur du genou de la fillette, mais la porte s'ouvrait et se refermait sans cesse, le flot d'étudiants devenait toujours plus dense et menaçait de m'emporter, non pas sur ses vagues, car il n'en faisait point — la secrétaire du doyen avait raison —, mais dans son fond vaseux, sa lie, tout droit dans une des salles de cours, où l'on m'aurait exhumé et exposé comme un fossile, un coquillage pétrifié ou une coquille d'escargot vide. La coquille m'a fait penser à la maison. Cette fois-ci, je n'ai pas hésité. Je me suis dit sans balancer : « Je rentre à la maison » ; je n'avais du reste nulle part ailleurs où aller. « Je rentre à la maison », ai-je dit à haute voix, cette fois, et je suis parti d'un pas égal, comme se mettent en marche ceux qui savent parfaitement où ils sont. Je me suis même mis à chanter, tout bas, tout d'abord, d'une manière qui ne différait guère d'un grognement ; puis, un peu plus tard, alors que je me trouvais sur la passerelle au-dessus de l'autoroute, à gorge déployée. Ce n'était pas vraiment une chanson, pas vraiment des paroles de chanson, mais plutôt une combinaison de mots de diverses langues, à laquelle je tâchais surtout de garder un rythme en cherchant quelque rime inattendue, et ce jusqu'au moment où je me suis rendu compte que, réglant le rythme sur mon pas, je l'avais ralenti au point d'en faire une marche solennelle et que j'étais en train de chanter l'hymne de mon ex-pays. Je me suis arrêté. Je me suis retourné. Le professeur de sciences politiques aurait bien aimé entendre ça, me suis-je dit. Cette confusion linguistique, aurait-il dit, est tout à fait appropriée à l'état des choses, à ce montage artificiel qui ne tenait que grâce à ce chant solennel.

Les feux de signalisation scintillaient, des colonnes publicitaires lumineuses tournoyaient, les nuages voguaient dans le ciel. La colline en face de moi, au bout de la rue, ressemblait à un grand nez allongé, enfoncé entre les blocs alignés des maisons. Il en est qui deviennent fous à cause du chaos, me suis-je dit, d'autres à cause de la géométrie. Certains se désagrègent, d'autres s'agrègent. La main du feu rouge s'est éteinte et le petit bonhomme vert est apparu. Je ne savais à quoi je m'étais attendu, mais j'étais déçu. Je défaillais. Tout s'éloignait de moi, tout s'effritait, tout se détachait, et, malgré le soleil et le vent chaud, je me suis mis à frissonner. Ce sont d'abord mes joues qui ont tremblé, puis mes genoux. Alors, me disant que j'allais m'écrouler si je continuais à marcher, je me suis mis à courir. J'ai passé en courant à côté de l'arrêt d'autobus, le long de la clôture du terrain de sport, à travers le carrefour, devant le chantier, et je ne me suis arrêté qu'en arrivant dans mon arrière-cour. Adossé au portillon, j'ai cherché mon souffle. J'ai inspiré profondément, j'ai compté jusqu'à huit, j'ai expiré lentement. J'étais persuadé que quelqu'un m'observait de l'intérieur de la maison ; je n'aurais pas été surpris de découvrir, derrière chaque vitre, une paire d'yeux qui me guettaient. Je me suis souvenu du chauffeur et de l'assurance avec laquelle, malgré le sac qu'il portait, il s'était dirigé vers la porte, celle de devant, il est vrai, mais qui n'en demeurait pas moins une porte, et de nuit, de surcroît, et déjà bien obscure ; il était hardi et intrépide, le chauffeur, sans crainte, sans hésitation. Il me manquait, je l'avoue, je le reconnaissais en mon for intérieur, peut-être pas précisément en ces termes, peut-être même sans paroles du tout, mais de penser à lui a suffi à me rendre une sorte d'assurance. J'ai traversé l'arrière-cour d'un pas ferme de propriétaire, sans jeter un coup d'œil sur le bassin, ni sur les feuilles dans l'herbe ni sur les arbustes, j'ai simplement monté les marches en courant, d'un pas vif et léger de propriétaire, de quelqu'un qui les connaît au point de ne même plus se rendre compte qu'il les monte et fait seulement de petits sauts de gamin sur le chemin de l'école. J'ai ouvert la première porte, vitrée, je l'ai retenue du genou, de la main gauche j'ai saisi le bouton de la seconde porte, de la droite j'ai sorti la clef de ma poche et je l'ai introduite dans la serrure. Les choses simples sont toujours les plus compliquées, me suis-je dit tout en remuant la clef, en la tournant à droite et à gauche pour trouver la bonne position. Enfin, la clef a trouvé sa place, la serrure a eu un déclic, la porte s'est ouverte. Tout était comme je l'avais laissé, sauf les aiguilles de l'horloge murale, qui avaient changé de position ; je pouvais souffler. J'ai soufflé. Je me suis approché de la grande fenêtre qui donnait sur la rue et, à l'abri du rideau, je suis resté là, un certain temps, à regarder de tous les côtés. Personne n'approchait, d'aucun côté. À un moment, dans la maison d'en face, quelqu'un est passé près de la fenêtre ; j'ai bien vu, contre la vitre, une feuille charnue de philodendron que de légers déplacements d'air ont fait frémir au passage de quelqu'un — un homme, une femme, un chien, peut-être — que je n'ai pu voir. Un chat n'aurait pu être suffisamment lourd. Il existe, bien entendu, d'autres animaux de compagnie, mais si loin à l'ouest et au nord en même temps, personne ne pouvait avoir à domicile un alligator ou un zèbre. Mais je me suis aussitôt reproché cette réflexion inconsidérée. Mille fois déjà, je m'étais dit que je ne devais jamais tirer des conclusions hâtives, que le sens de la vie est dans son ouverture, et que seule l'expérience, le vécu, est digne d'attention. Tout le reste, me suis-je dit, derrière mon rideau, n'est que spéculation ne valant pas mieux qu'une spéculation financière, dans laquelle, il est vrai, l'argent fictif devient de l'argent bien réel, mais qui n'existe que grâce à l'imposture, à l'illusion, à l'abus de paroles et, souvent, de confiance. De tout cela, je n'ai rien à faire, ai-je songé, derrière mon rideau, à l'abri des regards, pendant que, tendant légèrement le cou, j'essayais de tout embrasser du regard. « Comme si rester tapi derrière ce rideau n'était pas de l'imposture », me suis-je dit encore, sur un ton sévère de reproche. Le fait que je n'étais pas réellement tapi n'était qu'une mince excuse. « Bon, ai-je fait, je ne regarderai plus. » J'ai reculé vers l'intérieur de la pièce, là où les ombres devenaient plus épaisses. « À aucun moment tu ne dois permettre... », ai-je commencé, mais sans plus pouvoir me rappeler ce que je ne devais pas permettre. Que les autres me dérangent dans mon travail ? Que je dérange les autres ? Que la vacuité se substitue complètement à la plénitude, même la plus ténue ? Que les fleurs se fanent ? Que dans les coins s'accumulent des toiles d'araignée ? Que la transpiration m'irrite les aisselles ? « Ici, je serai heureux », me suis-je dit. Je savais que quelqu'un avait dit cette phrase, ou du moins une phrase semblable, mais sans pouvoir retrouver où cela s'était passé. « Non, ai-je rectifié à haute voix : ici, je vieillirai. » Faute de mieux, au moins ai-je commencé à me parler à moi-même. Je me suis rappelé le professeur de sciences politiques. Si je n'avais pas déjà digéré le déjeuner qu'il m'avait offert, j'aurais essayé de le vomir. Être si loin de tout et être persuadé de tout comprendre mieux que quelqu'un qui éprouve tout cela dans sa chair, ai-je songé, blotti dans un fauteuil, et, en plus, donner des leçons, sermonner et prêcher, alors qu'en réalité il en est tout autrement, et encore sans avoir, c'est le moins qu'on puisse dire, la moindre idée de ce qui se passe vraiment. « Tu n'en as pas la moindre idée ! » ai-je crié aux ombres qui gagnaient les coins de la pièce. Puis, je me suis calmé. J'ai écarté les cheveux qui tombaient sur mon front, j'ai dénoué mes lacets et me suis déchaussé. Mes pieds se sont enfoncés dans l'épais tapis. Je pouvais aller à la cuisine, dans la pièce où se trouvait l'ordinateur, à la salle de bains, dans la chambre à coucher. Une si grande liberté de choix m'a toujours embarrassé, entravé, cloué sur place ; j'ai toujours envié ceux qu'elle faisait bouger et ceux qu'elle inspirait. On se sent plus assuré quand on est privé de possibilités nombreuses, me suis-je dit, quand on n'a pas à craindre de se tromper, quand on accepte l'inévitable, et l'erreur, c'est justement de chercher à résister à tout cela. Je suis tout de même allé à la cuisine. L'enveloppe avec les recommandations était toujours sur la table, entourée de miettes de pain. On voyait bien aussi le rond laissé par le fond du verre de jus d'orange. Je me suis assis à la table et je les ai examinés, d'abord l'enveloppe, puis le rond, ensuite l'enveloppe et le rond à la fois. S'il n'y avait pas eu de jus d'orange, je serais rentré chez moi depuis longtemps, me suis-je dit en éprouvant encore une fois de la gratitude pour la personne qui n'avait pas oublié d'en acheter. S'il n'y avait pas eu cette enveloppe, je ne sais pas ce que j'aurais fait : peut-être le chauffeur et moi serions-nous encore là, ensemble, inquiets l'un pour l'autre, à nous lamenter sur l'imperfection du monde, la négligence et l'insouciance, sur le manque d'égards du propriétaire de la maison. J'ai sorti les recommandations de l'enveloppe et je me suis mis à les relire. Certaines choses, il faut les lire ainsi : une fois le matin, de bonne heure, puis l'après-midi, puis le soir, et encore une fois au cœur de la nuit. Chaque fois, les mots, apparemment les mêmes, disent tout autre chose. Ce qui, le matin, est une interdiction, peut, le soir, sembler être une invite ; ce qui est tranchant à midi s'émousse généralement autour de minuit ; après un brusque réveil, les mots ne sont plus que des écailles et sonnent comme des boîtes à sardines vides. Il en allait bien ainsi, maintenant : ce que j'avais pris, à première lecture, pour de la colère et un avertissement de la part du propriétaire, en particulier les précisions concernant les animaux de compagnie, m'apparaissait maintenant comme de bienveillantes suggestions. Je lus : « La vidéo fonctionne sur la troisième chaîne » ; « Les programmes câblés ne sont pas chers, mais il n'y a rien à voir » ; « L'antenne est sur le toit. Le toit est glissant. L'antenne est rouillée. » Et alors, sous mes doigts, deux feuillets adhérant l'un à l'autre se sont séparés ; j'ai presque entendu les filaments dans la texture du papier se briser, les fils microscopiques de l'encre du stylo à bille se rompre. J'ai lu, en haut de la dernière page : « Pièces du sous-sol. » Je me suis retourné : je ne savais même pas que la maison avait un sous-sol ; peut-être allais-je encore découvrir qu'elle avait un grenier. Je me suis levé, je suis allé à la salle de séjour, j'ai jeté un coup d'œil dans la pièce où se trouvait l'ordinateur, dans la chambre à coucher, dans la salle de bains, et, finalement, je me suis arrêté dans le couloir, devant une porte que je n'avais même pas essayé d'ouvrir, persuadé qu'elle donnait accès au ventre vide d'un placard. Je l'ai ouverte et j'ai vu un escalier. Il y avait huit marches, je les ai comptées, par la suite, plus d'une fois. J'ai appuyé sur l'interrupteur : la lumière a inondé l'escalier, éclairé le sol en béton ; j'ai appuyé encore une fois : la lumière a disparu. Je l'ai allumée une nouvelle fois, puis, de nouveau, je l'ai éteinte. Tout se répétait à chaque fois : les marches, le sol en béton, la lumière, l'obscurité. J'ai fermé la porte et me suis dirigé vers la cuisine. L'enveloppe et les feuilles de papier avec les recommandations reposaient sur la table, juste à côté de la trace ronde laissée par le fond du verre de jus d'orange. En haut de la dernière page, au-dessous de « Pièces du sous-sol », j'ai lu : « L'atelier. » Suivaient des indications sur les machines à laver et à sécher le linge, sur les outils, le transformateur, la fraiseuse, les limes, les scies et le rabot. J'ai lu, un peu plus bas : « Le bureau. »

Suivait un schéma, petit mais précis, des prises pour ordinateur, modem et imprimante. J'ai lu encore, un peu plus bas : « Le cagibi », suivi seulement de : « Ne pas ouvrir. » J'ai regardé par la fenêtre, j'ai vu la nuit. Je me suis aussitôt déshabillé et couché. La nuit, une fois venue, reste la nuit, cela, je l'avais appris depuis longtemps ; inutile de se faire des illusions. J'étais couché sur le dos, les mains croisées sous la tête, et je me sentais flotter au-dessus de l'espace du sous-sol. J'éprouvais à vrai dire une sorte de gêne, vague tout d'abord, qui a ensuite pris nettement la forme de la honte. À un moment, j'en étais tout à fait sûr, mes joues se sont empourprées. Ce qui m'avait induit en erreur, c'était la pente douce de la cour, et le fait que, venant de la rue et passant entre les arbres, j'entrais tout droit à la maison, alors que j'aurais dû me douter — quand je me tenais près du petit bassin, quand je montais les marches en bois ou que j'observais la clôture blanche — qu'il y avait encore quelque chose sous le plancher, qu'aucun architecte, aucun maçon n'aurait laissé passer l'occasion de profiter de l'excavation due à la dénivellation du terrain pour donner une forme à l'espace qui s'offrait, pour enclore le vide et intégrer ainsi à la maison la présence d'une absence. La maison se refroidissait, elle geignait sous son propre poids, d'un instant à l'autre, me suis-je dit, elle pouvait crouler sur elle-même, tomber comme un seau dans un puits, comme un écho dans un cañon. Des comparaisons aussi absurdes, me suis-je dit, seul peut les faire un homme qui n'a plus rien. « Sauf la honte », ai-je dit tout haut. Quand je me suis réveillé, j'ai d'abord jeté un coup d'œil par-dessus le bord du lit. J'ai posé les pieds nus sur le plancher, le droit, puis le gauche, après quoi je me suis prudemment levé en m'appuyant des deux mains sur le matelas, augmentant doucement la pression, pour finir par me dresser enfin de toute ma taille et de tout mon poids. J'ai marché sur des œufs, comme on dit, titubant sur leurs rondeurs jusqu'à la salle de bains. Si je continue comme ça, me suis-je dit, le soleil sera couché quand j'arriverai à la cuisine ; mieux vaudrait retourner tout de suite au lit. Même la plus ténue des certitudes, ai-je pensé, vaut mieux que l'incertitude. J'aurais dû noter cela. J'ai toujours envié les écrivains qui se mettent à écrire de bon matin, notent leurs rêves, remanient ce qu'ils ont écrit la veille, commencent de nouveaux récits, rédigent des notes dans leur journal. Un pli de l'oreiller avait laissé sur mon visage une marque ressemblant à une coupure. Elle s'étendait sur ma joue droite, de la mâchoire au coin de l'œil, comme une entaille de sabre. Puis, le téléphone a sonné. Le professeur de sciences politiques désirait savoir si j'avais regardé, la veille, le journal télévisé. Non, je ne l'avais pas regardé. Savais-je, a-t-il demandé, qu'on venait de lancer à mon pays un ultimatum, exactement comme il l'avait prédit lors de notre déjeuner ? Mon regard vide rivé sur mes pieds nus, je n'étais pas sûr de savoir de quel pays il parlait. Je grommelais des réponses négatives, plus courtes que les ongles de mes orteils. « Il faut que nous nous revoyions », a dit le professeur de sciences politiques, et il a raccroché. En plus d'une joue entaillée, maintenant, j'ai une oreille écrabouillée, me suis-je dit ; si ça continue comme ça, il ne va plus rien rester de moi. En fait, ai-je poursuivi en enfilant mon pantalon, il ne reste déjà plus rien de moi. « Je suis comme l'homme invisible », ai-je dit en boutonnant ma chemise. J'ai mouillé mes cheveux, j'ai soigneusement fait la raie. Dehors, un chien a aboyé. Un instant, j'ai cru que c'était la fillette qui avait aboyé, qu'elle cherchait un moyen de m'attirer dehors, qu'elle s'appuyait déjà contre la clôture, vêtue peut-être d'un petit pantalon, peut-être d'un short, les yeux écarquillés, les joues pâles, le nez en trompette. Le chien a de nouveau aboyé, puis il s'est mis à grogner, comme s'il se parlait à lui-même. Mes cheveux séchaient vite et, quand je suis arrivé dans la cuisine, j'ai dû les écarter de mon front. J'ai rempli un verre de jus d'orange, que j'ai avalé d'un trait, en me retenant à la poignée du réfrigérateur. Si je descendais maintenant au sous-sol, me suis-je dit, jamais plus je n'en remonterais. J'ai essayé de vérifier du bout des doigts si ma raie n'était pas défaite, mais je n'ai pas pu la retrouver. Elle avait disparu comme toute ligne de démarcation, et comme, surtout, les frontières de mon pays, me suis-je dit. Cela, je n'en doutais pas, aurait à coup sûr fait plaisir au professeur de sciences politiques ; il y aurait vu, je n'en doutais pas, une métaphore tout à fait appropriée. J'ai posé le verre sur la table, mais la poignée du réfrigérateur, je ne l'ai pas lâchée. Bientôt, me suis-je dit, il faudra toujours que je me retienne à quelque chose, comme un bateau à son ancre ou un ballon à ses sacs de sable. « Je vais m'envoler », ai-je dit tout haut, alors que j'avais à l'esprit de tout autres images : pierre, brique ou tuile, barre de fer. Je me suis dit que le vide n'était pas toujours léger, comme un creux n'était pas toujours absence. Autrefois, de semblables pensées m'auraient fait courir à mon bureau ou vers la feuille de papier la plus proche, afin de les noter. À ce moment, j'ai simplement lâché la poignée du réfrigérateur et je me suis cramponné au dossier de la chaise la plus proche. Mes pieds n'avaient pas bougé, de sorte que je me tenais un peu de guingois, à regarder mes doigts pâlir, mes veines gonfler. Si maintenant le téléphone sonnait, me suis-je dit, je m'écroulerais par terre. Le chien a de nouveau aboyé. C'étaient des aboiements brefs, entrecoupés, comme s'il était essoufflé. Je l'ai baptisé Freddy. Les chiens, je les ai toujours appelés Freddy, quels qu'ils fussent. Même quand je ne pouvais les voir, quand ils aboyaient ou jappaient derrière un mur ou une porte, et maintenant aussi, pendant que je me tenais debout, écartelé, mi-flottant, mi-sombrant, je les appelais

Freddy. Il m'aurait fallu me trouver au sous-sol, peut-être — si toutefois l'aboiement avait pu parvenir jusque-là — pour leur donner un autre nom. J'ai essayé de jeter un coup d'œil sur la porte mystérieuse par-dessus mon épaule gauche, ma main a glissé, ma jambe a perdu son appui, j'ai touché le plancher d'abord de mon genou gauche puis de mon coude droit, mon nez a heurté le bord de la table, la chaise s'est renversée, le verre a tinté. Je ne sombrais pas, je ne flottais pas. J'étais agenouillé sur le plancher et de ma narine droite le sang gouttait. Je savais parfaitement ce qu'aurait dit le professeur de sciences politiques. Il aurait dit : « Vous voilà enfin en train de saigner vous aussi pour votre pays. » J'ai reniflé le sang, je l'ai senti sur ma langue, dans ma bouche. Je me suis dit que tout cela durait depuis un peu trop longtemps. J'aurais déjà dû être depuis un bon moment au supermarché, en train de pousser un caddie et de le remplir d'aliments, de détergents et de savonnettes, de dentifrice, de café, de thé et de miel. Je ne suis là que depuis trois jours et je me comporte déjà comme si je m'apprêtais à partir, comme si je n'avais plus besoin de rien. Il me fallait recouvrer mon sérieux, me ressaisir, trouver un rythme. Je n'ai jamais appris à être patient, me suis-je dit, à laisser les phrases trouver toutes seules leur aboutissement dans les broussailles de la langue. J'ai toujours couru, je me suis toujours élancé en levant très haut les pieds, comme si je pataugeais dans la boue ou courais dans le sable. Je me suis relevé, j'ai inspiré, tâté mon nez. Le sang avait cessé de couler. Cependant, un peu plus tard, au supermarché, comme je me penchais sur le rayon réfrigéré des produits laitiers, j'ai senti qu'il allait se remettre à couler. J'ai vite levé la tête, j'ai fermé les yeux et pressé mon nez du bout des doigts. Rien n'est arrivé. J'ai rouvert les yeux, desserré les doigts, tendu la main vers le yaourt et le fromage blanc. J'ai eu la sensation qu'au-dehors la nuit tombait, tant l'éclairage du supermarché était factice, mais, quand je suis sorti, portant deux sacs dans chaque main, je n'ai vu que de légères annonces du soir dans le ciel, vers l'est, des touches d'obscurité sur les nuages et le clocher bas, les contours estompés de la colline et les premiers éclats de phares le long de la route en pente douce taillée sur son flanc. Pourtant, quand je suis arrivé devant ma maison, il faisait déjà nuit. Comme si une corde s'était rompue quelque part et que le rideau était tombé sur la scène, dans un nuage de poussière. Toutes les lumières étaient allumées dans la maison voisine ; dans celle d'en face régnait une obscurité totale. Le lendemain matin, le silence régnait dans la maison voisine, alors que la maison d'en face était en effervescence. Les portes s'ouvraient et se refermaient, les voitures arrivaient et repartaient, il en sortait en trombe des enfants et des femmes, une vieille dame avec une canne et un vieil homme avec des lunettes noires et même quelqu'un qui portait un chat. Pour la première fois depuis mon arrivée, je me sentais reposé. J'avais dormi toute la nuit comme une souche, la tête à côté de l'oreiller, les bras sur la couverture. J'ai pris mon café, je me suis rasé, j'ai collé un petit bout de papier toilette sur une coupure à la gorge. Si jusqu'à présent je n'avais fait que descendre, maintenant je commençais à remonter. Je pouvais, bien entendu, imaginer mille revirements possibles : me mettre à écrire, par exemple, acheter un journal, arroser le jardin, dresser une liste de toutes les possibilités de revirement. Je n'ai rien fait de tout cela. À deux ou trois reprises, j'ai fait quelques pas dans le couloir, sans m'arrêter devant la porte menant au sous-sol, j'ai posé une fois la main sur la poignée sombre, une autre fois, j'ai levé mon index plié comme si j'allais frapper, une autre fois encore, j'ai presque collé mon oreille droite contre le panneau de bois qui, de cette distance, m'a semblé voilé. Je suis allé à la cuisine, j'ai ouvert le réfrigérateur, sorti le fromage et les *beïguels*, je me suis servi un verre de jus d'orange. Je me suis dit : « Ici, je vieillirai », comme ça, entre guillemets, comme si je me rappelais une vieille pensée, délicieuse, et qui n'était pas de moi mais de quelqu'un d'autre. Rien, d'ailleurs, n'était à moi, ici. Le tumulte augmentait dans la maison d'en face, comme cela arrive quand quelqu'un se marie ou que quelqu'un est mort. Puis, le camion blanc des éboueurs est arrivé et son chauffeur n'a cessé de klaxonner jusqu'à ce qu'on ait déplacé la voiture qui venait de se garer. À l'une des fenêtres de la maison d'en face s'est montrée la vieille dame, celle qui portait une canne ; le vieillard aux lunettes noires a ouvert la porte ; le chat a couru vers l'arbre auquel étaient suspendus les petits abris pour les oiseaux. Le soleil était déjà haut dans le ciel, bien qu'étrangement de biais — pas comme chez nous, « dans mon pays », me suis-je dit entre guillemets —, sans doute parce que cette ville se trouve si loin au nord, si près de la blancheur des neiges. Je me suis reproché mon incertitude, je me suis détesté à cause de mon ignorance. Personne ne m'avait signalé ce phénomène, me suis-je dit. J'ai essayé de me rappeler ma conversation avec le chauffeur. Je n'ai pas réussi. J'ai essayé de me rappeler ma conversation avec la secrétaire du doyen. Je n'ai pas réussi. Je me suis souvenu seulement d'une miette de pain sur sa lèvre supérieure, une miette brune juste au-dessus de son rouge à lèvres craquelé, qui bougeait au rythme de ses paroles. Je la regardais et j'attendais qu'elle tombe. Quand elle s'est détachée, j'ai pu la suivre du regard jusqu'à la taille de la secrétaire, où elle s'est perdue sur le fond gris de la jupe. J'ai cru un instant l'entendre heurter la dalle en béton, mais la secrétaire parlait, les étudiants parlaient, l'université entière était un énorme discours, une mer de paroles, un océan d'efforts pour donner au langage un sens, qui s'y perdait, plutôt, car il s'y usait sans cesse, s'amenuisait sans cesse en répétitions, en banalités, en expressions et en exclamations, toujours les mêmes. De toute manière, je n'avais rien entendu, ou plutôt, si j'avais tout de même entendu quelque chose, je ne pouvais en être vraiment certain, dans l'état de fatigue où je me trouvais, dans ce tohu-bohu où tous les sons se neutralisaient. Tout comme à présent, non plus, je ne pouvais être vraiment certain d'entendre tout de même quelque chose, en tendant l'oreille — ce qui est la seule expression qui convienne pour désigner l'effort de se souvenir. Je n'ai rien entendu, alors que le soleil sombrait comme je l'avais prévu, s'enfonçait derrière les montagnes, laissant une ligne de lumière de plus en plus ténue à l'horizon. Je me suis encore une fois approché de la porte du sous-sol. Auparavant, toutes les lumières s'étaient allumées dans la maison d'en face, puis elles se sont éteintes, l'une après l'autre. Il ne restait plus, devant, qu'une seule voiture, bleu foncé ou grise, je ne pouvais en être sûr, dans l'obscurité. J'ai touché la poignée, flairé le bois. Quand je me suis couché, cette odeur était encore dans mes narines. Une odeur sèche et émoussée, si toutefois une odeur peut être sèche et émoussée, comme lointaine et indistincte, comme si autrefois, il y avait longtemps, cette porte s'était trouvée ailleurs, à l'entrée d'un garde-manger ou d'un fumoir à viande. J'ai imaginé une pièce pleine de saucisses et de poitrine fumée. Quand je me suis réveillé, la faim me creusait l'estomac. Jamais je n'arriverai à me lever, me suis-je dit en me levant. Mon emploi du temps était impitoyable : à dix heures, je devais parler aux étudiants de littérature anglaise, à deux heures, j'avais une réunion informelle avec les représentants des groupes ethniques des étudiants, à quatre heures et demie, j'étais invité à une conférence sur le fédéralisme, à six heures était prévue la projection d'un film sur les événements de mon pays, et l'on s'attendait que je prenne la parole, comme j'ai pu le lire, en caractères plus petits, dans le programme que m'avait remis la secrétaire du doyen. L'idée m'est venue que ce que j'avais de mieux à faire, c'était encore de m'enfermer dans le réfrigérateur et de n'en sortir qu'une fois que tout cela serait terminé. Je suis passé devant la porte du sous-sol en faisant semblant de ne pas la remarquer. La maison en face était calme ; dans la cour voisine, il y avait du linge qui séchait ; dans le petit bassin à sec se tenait une pie. À ma conférence de dix heures, les étudiants ne manifestèrent pas le moindre intérêt. Pendant que je parlais, leurs paupières se fermaient, leurs têtes s'inclinaient sur leurs poitrines, leurs regards se portaient vers les fenêtres. Une fille s'est endormie pour de bon. Un garçon bâillait continuellement. Quand j'ai terminé, personne n'a dit un mot. Le professeur a essayé de les encourager. « C'est l'occasion idéale, a-t-il dit, d'apprendre quelque chose sur un monde qui nous échappe. » Le garçon qui bâillait a bâillé encore une fois, puis il a levé la main. « De quelle manière, a-t-il demandé, ce qui se passe dans votre pays se reflète-t-il dans votre travail d'écrivain ? » « C'est une question intéressante », a dit le professeur. Je n'ai même pas essayé de cacher la haine dans ma voix. « Tout homme est pour lui-même son propre pays, ai-je dit. Par conséquent, mon travail n'a pas subi le moindre changement. » « Ce n'est pas à vous que je pensais, a dit l'étudiant, mais à votre pays. » « Quel pays ? » ai-je demandé. Les étudiants se sont mis à rire, certains ont même tapé sur les pupitres. « Réponse intéressante », a dit le professeur. Nous sommes sortis ensemble de la salle de cours. Les couloirs étaient pleins d'étudiants ; ils portaient tous, aussi bien les garçons que les filles, un petit sac à dos à l'épaule droite ou à l'épaule gauche. « Il faut les comprendre, a dit le professeur. Pour eux tous, l'Ancien Monde est mort, l'Europe ne représente encore quelque chose que pour nous. » Il a souri timidement comme une jeune mariée. « Ici, c'est le Nouveau Monde, a-t-il dit. Ici, personne n'a de compréhension pour l'hésitation. En Europe, on respire l'air, ici, on le dévore. En Europe, chacun vit une seule vie, ici, les gens changent et, au cours d'une existence, chacun vit au moins quatre vies. Quand l'Europe se désagrège, les gens perdent la tête. Ici, si jamais quelque chose se disloque, ils ne font que changer de masque. En Europe, la solitude est une forme d'exil, ici, elle est notre mode de vie. » Nous étions arrivés dans le grand réfectoire, où une centaine d'étudiants mangeaient et parlaient en même temps. D'une des pièces adjacentes venaient les sons d'une guitare basse électrique. Les vitres tremblaient et les vibrations grasses s'enfonçaient dans l'estomac. « D'ici, personne ne sort vivant », a dit le professeur en faisant un geste large de la main. Il mangeait de la cuisine chinoise. Plus tard, le soir, après le film, j'ai essayé de refaire son geste. J'étais devant l'église, en face du centre commercial, je levais et je baissais la main. « Dieu est ici », lisait-on sur le panneau de bois, en lettres noires ; seul le point, à la fin de la phrase, était rouge. Je respirais à pleins poumons. Je me disais que, si j'étais resté encore un peu à l'université, je me serais transformé en un morceau de fromage maigre. À la fin de la projection, quand les lumières s'étaient rallumées, j'étais monté sur l'estrade et j'avais demandé un verre d'eau. « Ne pensez-vous pas, monsieur, a dit alors un étudiant, que votre demande, sur le plan symbolique, exprime la même chose que le film que nous venons de voir ? » Je clignais des yeux sous la lumière des projecteurs et effleurais mon nez du bout des doigts. Le présentateur a dit que la réalité ne souffre pas les symboles et qu'il n'existe pas, à notre époque, de rites magiques capables de faire revenir ce qui n'est plus. J'ai demandé encore un verre d'eau. Puis une jeune femme a dit que maintenant, à la fin du siècle, nous ne devons pas permettre que l'héritage de la Seconde Guerre mondiale, et surtout l'héritage des erreurs commises immédiatement après la guerre, quand des gens et des peuples entiers ont été déplacés selon la volonté du vainqueur, deviennent la seule méthodologie en vigueur. « Puisque nous ne pouvons pas changer l'histoire, a-t-elle dit, alors, nous devons tout faire pour empêcher qu'elle se répète. » Elle s'était assise et avait croisé les jambes. Ce geste, je ne pouvais le répéter, pas devant l'église et, en tout cas, pas debout, encore moins devant Dieu qui, à en juger par l'inscription, était dans les parages. La jeune femme m'avait attendu à la sortie de la salle. Elle avait espéré, a-t-elle dit, que j'aurais condamné ouvertement l'abus de pouvoir dans mon pays, même si elle se demandait à présent s'il n'était pas trop tard pour un quelconque espoir, surtout dans un pays qui cherche un espoir dans une restauration de la mémoire historique comme à peu près la seule référence. « L'histoire est morte, a-t-elle dit, et ce qui arrive, dans ce pays, se déroule en fait dans le passé, dans un film de cinémathèque, dans un spectacle que plus personne n'a envie de voir. » À cet instant-là, j'ai pensé au sous-sol de la maison où j'habitais. Je voyais nettement la porte, la poignée, les marches et l'interrupteur. La femme a levé l'index et souri. « Le problème, avec vous autres, a-t-elle dit, c'est que vous croyez que l'histoire peut être corrigée, qu'elle peut être réparée comme une vieille machine, qu'il suffit de changer une pièce pour que l'ensemble, après, fonctionne de nouveau comme avant, et vous ne vous rendez pas compte que vous n'êtes maîtres, si toutefois vous l'êtes en quoi que ce soit, qu'en l'art de vous leurrer, de fabriquer une succession infinie de rideaux qui réduisent votre horizon à un fragment, à une tranche pas plus grande qu'un quartier de mandarine. » Je n'ai jamais pu détester les personnes capables de sortir des phrases aussi longues. À ce moment-là, je ne pensais pas encore à ce bref instant où elle avait croisé les jambes ; elle ne s'était pas encore transformée pour moi en un détail, en une présence fragmentaire, mais se tenait devant moi comme une totalité, comme quelqu'un qui prend en compte le passage du temps, les coordonnées spatiales et intellectuelles, les liens entre passé et avenir. Mais, dès l'instant où j'ai commencé à m'éloigner d'elle — prétextant que j'étais fatigué, ce qui n'était pas loin de la vérité, que je ne m'exprimais pas dans ma langue et que, de toute manière, les mots ne peuvent exprimer avec précision nos pensées, sur quoi elle avait secoué la tête en faisant la moue — dès cet instant donc, tout a commencé à se détacher d'elle, un élément après l'autre, une couche après l'autre, ne la laissant pas nue au sens littéral, mais la réduisant à une totalité de plus en plus restreinte, à un fragment de plus en plus grossissant, jusqu'à ce qu'il n'en reste en moi rien d'autre que des jambes croisées, non pas, ainsi que j'ai pu le constater devant l'église, sous forme d'une quelconque représentation graphique, mais sous celle d'un verbe, du seul mouvement, de la seule intention réalisée, sans aucun message, aucun enseignement, aucune suggestion. Une jambe est passée par-dessus l'autre, et c'est tout. Je n'aurais probablement pas pu expliquer cela à qui que ce soit devant l'église, encore moins dans le centre commercial, et moins encore à la vieille Chinoise qui attendait l'autobus sous le petit abri en plaques de plexiglas. La colline, au bout de la rue, était devenue d'un noir épais. « Si dans un moment je n'ai pas bougé... », me suis-je dit comme ça, simplement, sans plus, comme si je m'adressais une menace. Quand j'étais sorti du haut bâtiment de l'université, la haine m'enveloppait comme un vêtement chaud ; pendant que je m'en éloignais, elle se détachait de moi, se changeait en un amas de chiffons et de charpies. Dans l'obscurité, tout près de la maison, je me suis de nouveau senti nu. Dans l'arrière-cour, après avoir refermé le portillon en lattes blanches, j'ai frissonné, de froid. Au lit, je n'ai pas pu me réchauffer. Je me suis levé, j'ai détaché la bouillotte de son crochet, dans le placard de la cuisine, je l'ai remplie d'eau chaude et je l'ai mise dans le lit, sous mes pieds. Quand je me suis réveillé, je la tenais, froide, dans mes bras. Je cillais, le regard perdu au plafond, et j'écoutais l'eau de la bouillotte glouglouter au rythme de mes inspirations et de mes expirations. Cette nuit, me suis-je dit, était différente de toutes les autres, comme la nuit de Pessah différait de toutes les autres nuits, mais tandis qu'alors je savais réciter les quatre réponses adéquates, à présent, je ne faisais que répéter la question. « Bon, ai-je dit tout haut, la question est parfois la meilleure des réponses. » La bouillotte a fait entendre un clapotement. « Il suffit, pour ça, ai-je dit tout haut, de changer d'intonation, de monter le ton, au lieu de le faire descendre. » L'idée de descendre m'a rappelé le sous-sol. Le sous-sol m'a rappelé les premiers récits d'attaques aériennes, de gens qui tiraient dans les jardins publics, agenouillés derrière les bancs et les buissons. Les buissons m'ont rappelé que tout garçonnet a grand plaisir à porter une baguette, la plus mince, la plus flexible possible, afin qu'elle produise dans l'air le sifflement le plus aigu. L'air ne m'a rien rappelé. Couché dans mon lit, étreignant la bouillotte, j'ai tout à coup été effrayé à l'idée de voir mon reflet dans le miroir, de me rendre compte qu'au lieu d'un seul homme, il y en avait plusieurs couchés dans mon lit, tête contre tête, toutes sur le même petit oreiller. J'ai fermé les yeux. Quand je les ai rouverts, la bouillotte, comme le font habituellement les objets, a échappé à mon étreinte, elle a glissé et elle est tombée sur le plancher, près du lit. Je me suis levé. Dans la salle de bains, sur la boîte de mouchoirs en papier, j'ai pu lire : « Ici, je vieillirai », en lettres d'imprimerie, en caractères latins, avec un point d'exclamation à la fin, que quelqu'un avait barré ultérieurement. Dans la cuisine, déjà réchauffé par le soleil, j'ai ouvert une nouvelle bouteille de jus d'orange et, pendant que, appuyé contre l'évier, j'en buvais un premier verre, j'ai entendu des pas sur l'escalier en bois. Je me suis retourné. Une femme, de l'autre côté de la vitre, a souri, fait un signe de la main et arrangé le col de son chemisier. Elle espérait, a-t-elle dit quand je lui ai ouvert la porte, qu'elle ne m'avait pas fait peur, elle n'aurait jamais pris cette liberté si elle n'avait supposé qu'il y avait quelqu'un dans la maison, chez son voisin, a-t-elle souligné, et si elle ne s'était trouvée dans une situation embarrassante. « Je suis, a-t-elle dit, la mère de la fillette dont les cris ont dû vous parvenir de notre cour, j'en suis sûre. — Je n'ai pas entendu de cris, ai-je dit. — Alors, vous en entendrez », a-t-elle répliqué. Elle tenait la porte extérieure, qui s'ouvrait du côté du perron, tandis que je tenais la porte intérieure, qui s'ouvrait du côté de la cuisine, et nous restions ainsi, séparés par le seuil. Sa voiture, a-t-elle dit, ne voulait pas démarrer, ce qui arrivait souvent, une ou deux fois par mois, au moins, sinon plus, et elle s'était juré mille fois de passer chez le garagiste, mais il arrivait toujours quelque chose, elle n'aimerait pas que je croie qu'elle était quelqu'un qui ne tenait pas sa parole, mais toujours quelque chose se présentait qui, sur le moment, semblait plus important, comme elle l'avait déjà expliqué à plusieurs reprises au propriétaire de la maison que j'habitais et qui était toujours prêt à lui rendre service, et, c'était là le plus important, à lui prêter son chargeur de batterie ou à connecter la batterie de sa voiture à la sienne quand c'était vraiment nécessaire. J'ai touché le seuil de mon pied gauche. « Je n'ai pas de voiture », ai-je dit, et je n'avais pas la moindre idée, ai-je souligné, de l'endroit où pouvait se trouver le chargeur. « Je suis étranger », ai-je ajouté, comme si ces trois choses : voiture, chargeur et étranger, étaient nécessairement liées. Elle savait. Elle avait franchi le seuil et mentionné le sous-sol. Quand, peu après, elle en est remontée avec le chargeur à la main droite et le fil à la gauche, j'étais toujours près de la porte, sauf que maintenant je touchais le seuil du pied droit. « Ne vous en faites pas, a-t-elle dit, moi aussi, je suis étrangère. » J'ai acquiescé de la tête et serré plus fort la poignée de la porte. « D'une certaine manière, a-t-elle dit, nous sommes tous étrangers dans ce pays. » Ce disant, elle avait déjà regagné le perron. « Parfois, a-t-elle repris, j'ai l'impression que ce pays n'existe pas du tout, que nous l'avons tous ensemble inventé et que le jour viendra où nous devrons bien nous rendre compte que nous vivons dans le vide. » Elle a lâché la porte extérieure, qu'elle avait jusque-là retenue de son épaule et dont la vitre s'est de nouveau trouvée entre nous. J'ai fermé la porte intérieure. Mes mains tremblaient, des gouttes de sueur perlaient à mon front et entre les mèches de mes cheveux, et quand j'ai voulu prendre le verre de jus d'orange, il m'a glissé entre les doigts. Je l'ai rattrapé de l'autre main et le liquide jaunâtre, d'abord froid, puis, aussitôt après, collant, s'est répandu sur mon poignet et le dos de ma main. La porte du sous-sol était ouverte, l'ampoule électrique allumée éclairait les marches, son éclat se répandait dans l'atelier où, à en juger d'après les ombres et les lumières, une autre ampoule encore était allumée. Sur la dernière marche, il y avait un bout de papier froissé. C'est ainsi que le monde se décompose, me suis-je dit, sans trop savoir à quel monde je pensais. Certainement pas à celui qui, loin d'ici, s'était déjà décomposé, que plus rien ne pouvait recoller. Je me suis avancé sur la première marche, puis sur la deuxième, les planches ont grincé, tout, ici, était fait de planches qui grinçaient, et j'ai tiré la porte derrière moi. « Ton problème, ai-je dit tout haut, c'est que tu n'as confiance en personne et encore moins en toi-même. »

Ma voix a résonné comme si j'étais descendu dans quelque vieille galerie souterraine ou dans un puits romain. Peut-être la femme était-elle toujours sur le perron, me suis-je dit, avec le chargeur et son fil dans les mains, indécise, se demandant si elle n'avait pas, peut-être, fait une gaffe. Une trace ténue de son parfum flottait dans l'air. Le jour suivant aussi, quand je suis descendu de nouveau au sous-sol, ce parfum traînait encore tout autour de moi, comme s'il était fait pour cet endroit, comme si c'était là sa vraie place. Où que cette femme puisse se trouver, me suis-je dit, debout sur les marches, elle est restée, au moins en partie, dans ce sous-sol. Je l'ai imaginée dans la maison voisine, racontant à la fillette qu'elle avait rencontré un véritable étranger, et j'ai imaginé la fillette qui l'écoutait en écarquillant les yeux. J'ai repris le compte des marches. J'en ai compté huit; puis j'ai posé le pied sur le béton. Une embrasure sans porte menait à l'atelier, à gauche se trouvait le « bureau »; le cagibi, je ne le voyais nulle part, du moins pas de l'endroit où je me trouvais. Le tube de néon a clignoté quelque part au fond de l'atelier et les ombres se sont aussitôt mises à sautiller. Les limes se sont allongées, puis raccourcies, l'éclat mat des scies s'est éclipsé. J'ai trouvé l'interrupteur et j'ai appuyé dessus. L'atelier s'est trouvé plongé dans l'obscurité, alors que le « bureau » était éclairé par la lumière chiche du jour qui entrait par la vitre dépolie d'une petite fenêtre. Je ne pourrai supporter une énigme de plus, me suis-je dit, surtout pas une nouvelle porte cachée. Je suis venu ici pour la transparence, me suis-je dit, et pas pour l'opacité. Les arabesques confuses sur la vitre dépolie devaient provenir, ai-je supposé, des buissons qui poussaient près de la maison, le long du côté où, à cause des buissons justement, je n'avais même pas essayé de passer. Je suis arrivé dans le vaste monde, me suis-je dit, et me voilà échoué dans une cave comme une poupée délaissée. C'est alors que j'ai aperçu une porte. Elle donnait, en fait, dans l'espace sous l'escalier, fermée par des plaques d'aggloméré dont le bord supérieur était découpé de manière à s'adapter exactement au profil des marches. Ce n'était pas une vraie porte, de même que la cloison n'était pas un vrai mur. Elle n'avait même pas de serrure, mais simplement une barrette passée dans deux anneaux métalliques. Quand je l'ai tirée, elle n'a même pas essayé de résister. Elle est sortie du premier anneau, puis du second, la porte s'est ouverte, et, de l'obscurité du cagibi, quelque chose est venu vers moi. J'ai reculé d'un bond, j'ai heurté une chaise et je l'ai renversée. Dans l'ouverture rectangulaire se balançait une chaînette métallique composée de petites billes ternies, avec laquelle, en la tirant, on allumait une ampoule électrique. Je me suis approché de la chaînette, et je l'ai tirée. L'espace sous l'escalier, le cagibi, était rempli d'étagères où étaient rangés des chemises en carton, des boîtes dont les étiquettes indiquaient le contenu, des atlas, des cahiers, ainsi que de nombreux rouleaux. Quelques-uns étaient attachés avec des rubans de couleurs différentes, d'autres étaient enroulés autour de baguettes polies, certains avaient des bords élimés, mais il y en avait aussi qui, à voir leurs bords impeccables, me semblaient tout neufs. De nouveau, j'ai tiré la chaînette, et l'ampoule s'est éteinte. Quelque part au-dessus de moi, le téléphone a sonné. J'ai fermé la porte, poussé la barrette dans les anneaux, relevé la chaise, aplani les plis du tapis. « J'ai quelque chose pour vous », a dit le professeur de sciences politiques quand j'ai décroché le combiné. On ne pouvait pas dire que c'était une surprise à proprement parler, a-t-il poursuivi, même s'il aimait bien surprendre les gens, mais dès l'instant où il avait trouvé ce qu'il me destinait, il avait été sûr que cela ne manquerait pas de m'intéresser. Il ne cachait pas qu'il aimait piquer la curiosité des gens, a-t-il repris, provoquer cette sorte de délicieuse attente qui, grâce à son art de faire un choix judicieux, ne pouvait qu'être comblée. Il n'avait pas le temps pour un déjeuner, mais nous pouvions nous voir tôt dans l'après-midi, à trois heures, à son bureau. J'ai raccroché. À la seule idée d'avoir à aller encore à l'université, de passer entre les garçons et les filles sur les visages desquels il n'y avait rien d'autre que des boutons, mes jambes sont devenues de plomb. Je me suis assis dans un fauteuil et j'ai fermé les yeux. Si la nuit passée s'était distinguée en quoi que ce fût des précédentes, me suis-je dit, alors cette journée menaçait de surpasser toutes les autres. Je réfléchis toujours en propositions conditionnelles, me suis-je dit, je pose toujours des conditions auxquelles je ne puis répondre. À l'instar de Kafka, dont la journée était gâchée si la femme de chambre entrait chez lui avant l'heure. J'ai essayé d'imaginer cette femme de chambre, mais je ne parvenais à voir que la femme de la maison voisine, je la voyais passer à côté de moi comme à travers une mer dont les eaux se seraient écartées pour se refermer ensuite, quand elle se serait trouvée sur une éminence sûre. Je flottais comme une algue, pendant qu'elle se trouvait au sec, sur le perron en bois, retenant de son épaule la porte extérieure. J'ai étendu mes jambes, puis je les ai pliées de nouveau, avec un craquement sec dans les articulations, comme je m'y attendais. Dehors, l'air était tout aussi sec, le déluge dans mon esprit n'y pouvait rien, nulle humidité n'apportait de soulagement. « Ici, je vieillirai », me suis-je dit de nouveau comme on évoque le refrain d'une chanson populaire, même quand on n'en connaît ni la suite ni l'interprète. « Ha ! » a lancé le professeur de sciences politiques en me voyant apparaître à la porte de son bureau. Voilà une ponctualité, a-t-il dit, à laquelle on se s'attendrait pas de la part de gens des pays dont je venais, mais, vu que j'étais originaire d'une région frontalière, il estimait que j'avais probablement combiné en moi des qualités différentes, atténuant celles qui étaient typiques et accentuant les inhabituelles. La surprise qu'il me destinait, c'était un livre. Il le poussait vers moi, sur son bureau, tout en le couvrant de sa main. « Pas si vite », a-t-il dit quand j'ai tendu le bras. Il a retiré sa main. *Atlas historique de l'Europe centrale et orientale*, ai-je lu sur la couverture. « Ici, a dit le professeur de sciences politiques en tapant sur le livre de son index plié, est inscrit votre destin, ici est le noyau dont tout procède et où tout conflue. » Je n'ai rien dit. « C'est le meilleur livre sur les esprits que j'aie jamais lu, a poursuivi le professeur, un livre sur les peuples fantômes qui, même au bout de mille ans et plus, n'arrivent pas à trouver la paix, errent sans cesse à travers des espaces qu'ils ont depuis longtemps transformés en cimetières, en pays des morts, convaincus que seul le monde de l'au-delà est le vrai monde, que l'inconsistance est la vraie plénitude et que les frontières ne sont que de pures inventions. » Il a hoché la tête, s'est arrêté, puis s'est remis à hocher la tête de plus belle. Il a ouvert le livre à un endroit marqué d'un papier blanc. « Si mes calculs sont justes, a-t-il dit, aucune frontière, ici, n'a duré cinquante ans, exception faite de celles imposées par les barrières naturelles. Au cours d'un seul siècle, chaque localité a changé plusieurs fois de nom, il n'y a eu persistance d'aucune langue, les gens se couchaient le soir sans savoir où ils se réveilleraient le matin. S'il existe dans la nature quelque chose de tel que le chaos, c'est bien là que cela se trouve, et nulle part ailleurs. Et cela se propage comme une contagion, comme un mal incurable. Mais vous ne vous en rendez pas compte parce que vous vous trouvez dans l'œil du cyclone, que vous vous croyez en repos et pensez que c'est aux autres que tout arrive. » Sa voix gagnait progressivement en force, son visage rougissait, il serrait les poings. S'il continue comme ça, me suis-je dit, il va tomber de sa chaise. Le professeur de sciences politiques a respiré profondément, poussé le livre vers moi et dit : « Prenez-le. » Le livre a glissé par-dessus le bord de la table et il est tombé sur mes genoux. Je l'ai saisi avec deux doigts de la main gauche, comme s'il s'agissait d'un fer à repasser ou d'une brique brûlants. « J'ai été tenté de le déchirer, a dit le professeur, mais est-ce que ça aurait changé quoi que ce soit ? » Nous nous sommes regardés. Son visage était pâle, à présent, ses yeux creusés, ses cheveux ébouriffés, ses lèvres gercées, et je sentais qu'il avait peur, sans savoir de quoi il avait peur. Je tenais toujours le livre de deux doigts ; mon esprit était infiniment clair et serein, ce qui m'a fait penser à un lac, à un miroir, toutes choses qui ne m'avançaient à rien. « Parfois, je crois que vous êtes déjà tous morts depuis longtemps, là-bas, a dit le professeur. C'est encore la seule pensée qui parvient à me calmer un peu. » Maintenant il y avait de la haine dans sa voix, comme les jours précédents il y en avait eu dans la mienne. « Il arrive parfois que les vivants envient les morts », ai-je dit. Le professeur de sciences politiques était complètement effondré. Il était affaissé sur sa chaise comme une poupée de chiffon ; seule sa paupière inférieure gauche tressaillait, comme tirée par un fil invisible. Je me suis levé. Il n'y avait plus rien à dire. J'ai voulu poser la main sur son épaule, j'ai même levé la main droite, mais je me suis ravisé et je suis sorti, sans la baisser, pas même dans le couloir, avant d'arriver à l'ascenseur. Dans l'ascenseur, je n'étais plus un lac ; pour le miroir, je n'aurais su dire. À tout hasard, je tenais l'atlas devant moi comme un bouclier. En descendant vers le rez-de-chaussée, j'écoutais deux étudiants échanger des phrases grandiloquentes sur la fin de l'histoire. Derrière leur dos, une affiche rose invitait à une discussion sur la correction politique du féminisme. Une autre affiche, collée à côté des boutons portant les numéros des étages, attirait l'attention sur l'inégalité dans l'embauche des femmes, des groupes minoritaires et des autochtones. En fait, l'université entière était couverte d'affiches et de tracts qui, pendant que je passais dans les couloirs, flottaient sur les tableaux d'affichage, agités par le déplacement d'air au passage rapide des corps. Le campus était presque désert. Sur une élévation, près d'une sculpture en métal, deux étudiants se lançaient un frisbee. Une fille se tenait adossée à un arbre nu, le visage levé vers le soleil. Un rouge-gorge s'attardait dans l'herbe. Cependant, l'air était étouffant, dur, j'ai dû m'y frayer un passage, craignant à tout moment d'être forcé de m'arrêter, de ne plus pouvoir avancer, de rester là pour toujours, entravé, parmi ceux qui pensent que la connaissance n'est pas une conquête sur l'ignorance, mais la confirmation de leur désir que les choses soient conformes à ce qu'ils croient qu'elles sont. Je me suis dit qu'ils croyaient que le monde ne se conquiert pas, qu'il est tout donné, et qu'il n'y a qu'à le prendre. Je détestais jusqu'à l'idée d'une telle idée. Je détestais cette promptitude des jeunes à croire, à rejeter l'individualisme qui procède du défi de la connaissance et à accepter les abstractions creuses proposées par leurs professeurs, lesquelles ne sont rien d'autre que des banalités revêtues d'un semblant de profondeur. Puis j'ai aperçu la colline et je me suis senti en paix. Une paix qui n'était pas cette sérénité lacustre que j'avais éprouvée dans le bureau du professeur de sciences politiques, mais qui m'a tout de même permis d'avancer plus facilement, de me redresser, de glisser l'atlas sous mon bras. Je me suis même mis à siffloter. J'ai sifflоté jusqu'au viaduc, mais là, j'ai cessé, persuadé que quelqu'un m'observait du haut d'une tour voisine. J'ai fixé mon regard sur la pointe de mes chaussures et je ne l'ai plus levé jusqu'au moment où je suis entré dans mon arrière-cour. Sur la deuxième marche de l'escalier en bois était posé le chargeur de batterie. J'ai tourné la tête — en fait, c'est seulement à ce moment-là que j'ai levé les yeux — et j'ai vu un écureuil au sommet d'un poteau électrique. Je l'avais déjà aperçu plusieurs fois. Il avait une épaisse queue grise et un ventre blanc. J'ai porté le chargeur à la cuisine, j'ai fermé la porte, ramassé les miettes sur la table, enlevé mes chaussures, puis j'ai jeté un coup d'œil par la fenêtre pour voir où était l'écureuil, j'ai porté l'atlas au bureau, je suis revenu à la cuisine, j'ai de nouveau regardé par la fenêtre. L'écureuil était toujours perché sur le poteau. Soudain, la fatigue m'a accablé. J'étais en train d'épier l'animal par la fenêtre, penché au-dessus de l'évier, et, l'instant suivant, mes paupières s'étaient fermées. J'ai senti quelque chose se poser sur moi, mes épaules se sont affaissées, mes mollets se sont mis à trembler et j'ai dû, enjambant le chargeur, aller jusqu'au fauteuil de la salle de séjour. Mille fois je m'étais dit, ai-je songé, que je ne devais pas me permettre de telles sautes de l'exaltation à l'abattement. Je ne pouvais croire qu'une heure auparavant, à peine, j'avais siffloté. À présent, j'avais la bouche sèche, et ma langue y était comme un chiffon. Quand j'ai tenté de faire siffler mes lèvres, je n'ai obtenu qu'un faible chuintement d'écailles desséchées. « Je ne dois pas me permettre... », me suis-je dit, mais je ne parvenais à me souvenir d'aucun interdit. À vrai dire, je me sentais fourvoyé : j'ai compris que j'avais apporté des livres qui ne convenaient pas, des notes inadéquates, que j'écrirais une histoire toute différente de celle que j'avais imaginée, et qui ne serait pas un éloignement, mais un rapprochement. L'éloignement. C'est le mot juste. Certains mots, nous ne les apprenons jamais bien, me suis-je dit, malgré tous les avertissements bienveillants, jamais nous n'en saisissons le vrai sens. Jamais, par exemple, je n'étais certain de vraiment comprendre l'éloignement. Autrefois, « éloignement » n'était pour moi qu'une autre façon de dire « voyage » ; puis, j'ai compris qu'on voyage en soi-même et que l'espace extérieur n'y est pour rien. Pendant un certain temps, je n'ai pas cru à l'éloignement, comme d'autres ne croient pas en Dieu, et rien ne pouvait me convaincre. Plus tard, je me suis mis à concevoir « éloignement » comme « fuite », et, étant donné que j'avais l'habitude de me figurer « fuite » comme « refuge », « éloignement » est donc devenu une sorte de « refuge », auquel, par ailleurs, je substituais immanquablement le mot « hôte », mais non pas au sens d'« invité apportant la joie au foyer », mais au sens d'« étranger », ou, plus exactement, d'« homme sous un toit étranger ». Ce qui me troublait, c'était ce lien entre « toit » et « éloignement », alors que le toit devrait surtout signifier proximité, protection, intimité, sommeil. Peut-être existe-t-il des toits qui laissent à découvert, me suis-je dit, peut-être leur fonction ne se limite-t-elle pas toujours à couvrir et à protéger. Je ne savais pas s'il existait une réponse à cette question, pas plus que je ne savais comment j'en étais venu à établir un rapprochement entre « éloignement » et « solitude », puis entre « solitude » et mon arrivée dans cette ville au pied d'une colline qui ressemblait à un nez. Avant d'arriver ici, je ne savais même pas que cette colline existait, je m'étais imaginé une ville dans une plaine, sur les rives d'un fleuve, une prairie plate comme la Pannonie, et, dans ces images, je ne voyais jamais, nulle part, de colline. Je savais que les montagnes n'étaient pas loin, mais je me représentais une ville d'une perfection géométrique qui ne peut exister que dans une plaine absolument plate. Rien au monde, bien sûr, n'est absolu, ce qui explique qu'une colline ressemblant à un long nez puisse s'enfoncer dans la chair de la ville, s'ajouter à ce que j'avais imaginé, car je n'avais pas encore vraiment vu la ville, je ne m'étais pas aventuré plus loin que l'université, et la ville, si elle existait vraiment, n'existait encore, pour moi, que comme une supposition, comme une image que je portais en moi.

Autrement dit, là où je m'attendais à trouver l'« éloignement », je ne l'ai pas trouvé. Du moins, je n'ai pas trouvé l'« éloignement » que l'on découvre en s'approchant, car, malgré le long voyage que j'avais fait, je n'avais pas le sentiment de m'être approché de quelque chose. Certaines villes ne sont que des escales. Depuis ces villes, il est bon de lorgner vers ailleurs, à leurs confins il est bon de mettre la main en visière et de chercher le nord, et à leurs portes, il ne faut pas hésiter. Dans de telles villes, on fait de bon pain, me suis-je dit. Je ne sais pourquoi j'ai songé au pain, surtout avec mes lèvres gercées, surtout perdu comme je l'étais dans une suite d'associations d'idées si confusément enchaînées les unes aux autres. « Dire que le pain c'est la même chose qu'un foyer ne ferait qu'empirer la situation », ai-je dit. La seule chose que mes associations d'idées ne pouvaient changer, c'était mon sentiment d'attentes trompées. Si bientôt je ne me mets pas debout, me suis-je dit, puis je me suis interrompu, hésitant entre les possibilités, et, pour finir, je me suis mis debout. Les oiseaux filaient devant la fenêtre en pépiant fort. À tout moment, une branche du conifère se balançait, puis s'immobilisait de nouveau. Si cette journée diffère en quelque chose des autres, c'est en ce qu'elle ne finira jamais. Tout demeurera pareil, me suis-je dit : une branche pliera, un oiseau s'envolera, ma main passera comme une ombre devant mes yeux. Mes lèvres étaient toujours sèches. Même si je savais certains mots, je ne pourrais les prononcer. Je ne pourrais dire : « attentes trompées ». Je ne pourrais rien dire. Je n'aurais même pas le désir de dire quelque chose. Parfois il faut penser en phrases courtes, parce que, alors, le pouls bat plus vite. Parfois il suffit de penser au mouvement, sans se donner la peine de bouger réellement la jambe, de plier les doigts. Parfois, de même, mieux vaut ne pas respirer, pas pendant longtemps, pas souvent, mais parfois, certainement. J'ai de nouveau écarté les cheveux de mon front. Je ne savais plus quand je l'avais fait la dernière fois, mais j'étais sûr de refaire un geste familier : je l'avais fait sans hésitation, sans incertitude, sans crainte devant l'inconnu. Cela faisait du bien de savoir qu'il existe des choses dans lesquelles il ne faut rien investir, qui s'accomplissent presque d'elles-mêmes. Encore que j'eusse pu, bien évidemment, imaginer une machination de la mèche tombant sur mon front afin de servir de maillon dans l'enchaînement inéluctable des événements. Je ne l'ai pas fait. Je restais debout et tendais l'oreille au bruit du monde se transformant en piège. Plus rien ne ressemblait au premier moment, à l'aéroport, où j'avais aperçu le chauffeur, où chaque geste annonçait un acquis. Je suis passé d'un espace dans un autre, et rien n'a changé : au lieu de la vision, c'était toujours la cécité, au lieu du silence, des mots, toujours. Je ne savais comment établir un lien entre perte, piège et attente trompée. Si dehors une branche s'agitait, un cri d'oiseau résonnait, je pensais « piège », « attente trompée », « perte ». Bientôt, tout ce sur quoi mon regard se posait devenait sans peine, sans résistance, un de ces mots, comme si la langue n'avait vraiment pas besoin de plus de mots. C'est alors que je me suis souvenu de l'atlas. Il est apparu comme un quatrième mot, comme « atlas », au moment où les autres avaient complètement pris la place du monde phénoménal. L'atlas a tout remis à sa place. La branche est redevenue une branche et l'oiseau un rouge-gorge, l'atlas était dans le bureau, le bureau était orienté à l'ouest et encore plein de la lumière du jour. Je me suis assis sur une chaise devant la fenêtre en tâchant de ne pas penser au professeur de sciences politiques. J'ai revu le livre glisser vers moi par-dessus le bord de la table, j'ai songé que j'aurais pu le rattraper, mais je l'avais laissé tomber sur mes genoux, dans mon envie fugace de le voir poursuivre sa chute, même si je l'avais presque au même instant attrapé des deux doigts de ma main gauche et soulevé de manière telle que quelqu'un qui m'aurait vu eût pu croire que je tenais une brique brûlante. Maintenant, il était posé sur mes genoux, pas brûlant, pas lourd — loin de moi l'idée de faire jamais un reproche à un *livre* — mais j'avais tout de même une impression de poids, de présence non désirée, comme si, sous l'apparence d'un livre, se cachait quelque chose d'autre, terrible en son essence. D'ailleurs, me suis-je dit, je n'ai jamais caché ma répugnance pour l'histoire. Je ne me suis plus rien dit. Je tournais les pages de l'atlas et regardais les cartes historiques de l'Europe centrale et orientale. Le jour a pourtant commencé à baisser. Je me suis levé ; j'avais besoin de plus de lumière pour discerner les frontières en pointillé de certains pays. Si je n'aimais pas l'histoire, j'aimais la géographie, même si je n'ai jamais réussi à vraiment la comprendre tout à fait. La géographie est un état, un moment plus ou moins bref ou long d'un acquis ; l'histoire, c'est un diagnostic, c'est la nuit. Et la nuit est en effet tombée, comme toujours ; elle a tout simplement recouvert le ciel et on ne pouvait plus rien voir. Je suis allé à la cuisine et j'ai allumé la lumière. J'ai laissé l'atlas sur la table, j'ai ouvert la porte de derrière et j'ai fait un pas sur le perron. J'ai vu les étoiles dans le ciel, des ombres plus épaisses dans certains coins de la cour, le reflet du pare-chocs d'une voiture garée de l'autre côté du passage. En entendant une porte s'ouvrir quelque part, je me suis retiré précipitamment dans la cuisine, j'ai refermé la porte et je m'y suis adossé. L'atlas était toujours sur la table, malgré mon espoir de le voir sur l'étagère ou sur le réfrigérateur. Si je ressortais, puis rentrais un nombre suffisant de fois, ai-je pensé, peut-être qu'à la fin je ne le retrouverais plus, peut-être que je parviendrais à sortir d'une réalité et à retourner dans une autre, parallèle, où il ne se passerait rien de tout ceci, où la surface de la table serait dégagée pour recevoir du pain grillé ou une coupelle avec de petits bretzels. Je ne voyais pas pourquoi j'avais pensé au pain grillé ou aux bretzels ; je ne ressentais pas la faim, en fait, je ne ressentais rien ; j'étais sorti et rentré, c'était tout, mais j'étais *différent* en sortant et *différent* en rentrant, alors que l'atlas, supposais-je, était resté le même. Les livres ne changent pas ; changent, si toutefois ils changent, ceux qui les lisent, et qui relèvent la tête, regardent autour d'eux, font une moue dubitative et hochent la tête, persuadés qu'il est arrivé *quelque chose*, que quelqu'un leur a changé le texte, car, il y a peu, pas même une semaine, ils ont lu le même livre et, sous cette même couverture, se trouvait une histoire tout à fait différente, sans mort, sans agonie, sans ruine d'un système, sans phrases interrogatives, alors que maintenant tout grouille de questions brûlantes, d'agonies, ou peut-être pas tant d'agonies que d'impression d'effondrement, comme si plus rien ne pouvait soutenir le lecteur, comme si les phrases étaient de faux planchers qui se dérobent sous les pieds des protagonistes, ou mieux vaut dire du dernier protagoniste restant, car, à la différence de la lecture précédente, la diversité des personnages s'est à présent transformée en reflets pâlots d'un même personnage, peut-être de l'écrivain lui-même, qui ne cesse de sombrer, de s'écrouler en même temps que le lecteur, en se serrant fort contre lui, comme si celui-ci était son unique protection, ou du moins la seule qui reste de tout ce qui fait le monde. Comme si demeurer hors du monde, me suis-je dit, représentait la seule sauvegarde. « Que vais-je faire de toi ? » ai-je dit à l'atlas. Je n'ai pu me rappeler quand j'avais parlé pour la dernière fois, mais j'ai pourtant supposé que la voix que j'entendais était bien la mienne. Peut-être aurais-je dû laisser l'atlas dehors, sur la table du jardin, toute la nuit, jusqu'au matin. Ce qu'il m'avait appris, pendant que je l'approchais de mes yeux sous la lumière de plus en plus faible, c'était une vérité toute simple sur la destinée de l'endroit dont j'étais originaire : j'avais vécu au bord d'un tourbillon non apaisé de l'histoire, au bord d'un cloaque de l'histoire qui aspirait sans cesse les sécrétions mentales et corporelles pour les rejeter ensuite sous des aspects pires encore, dissimulés sous l'apparence d'équilibres historiques qui se rompaient aux moments les plus inattendus. Là, rien n'était stable, rien n'était sûr, si ce n'est la croyance dans le pouvoir de l'illusion. Et si cette journée, qui avait depuis longtemps enfoncé ses crocs dans le soir et le tenait fermement serré dans ses mâchoires, différait en quelque manière que ce fût de toutes les autres, me suis-je dit, c'était par mon étonnement incrédule devant la facilité avec laquelle les gens sont prêts à croire aux apparences, mieux encore, devant la promptitude avec laquelle ils adhèrent aux apparences et se persuadent que leurs illusions sont la vérité même. C'était un endroit où le moindre mirage prenait plus d'importance que tout objet réel, où une ombre à l'horizon comptait plus que la tempête qui s'abattait sur la tête des gens, où l'absence était toujours chargée de plus de signification que n'importe quelle présence. Un endroit qui, en apparence, ne se trouvait pas au centre de l'histoire, mais toujours un peu à l'écart, un peu de côté, un peu excentrique ; un endroit où, paradoxalement, l'histoire se manifestait pourtant, en retard par rapport au centre, avec tranquillité au seuil des troubles et avec agitation une fois la paix rétablie. Cela m'évoquait l'eau, l'agitation qui part du centre, puis y revient pour trouver dans ce même centre une paix nouvelle. Rien de plus différent de l'histoire, rien de moins propre à servir de comparaison. L'histoire n'est pas un lac où le matin nous contemplons le reflet de notre visage, où à midi nous rafraîchissons nos pieds et où le soir nous étanchons notre soif ; elle n'est même pas un lac où tombe une poignée de cailloux qui frappent simultanément la surface et où les différents cercles concentriques de sérénité et d'angoisse s'entrechoquent et s'annulent ; l'histoire est déboîtement, déraillement du cours habituel des choses, quelque chose comme un disque rayé, sa répétition perpétuelle, souvent absurde, parfois claire et précise comme une prédiction. Je n'étais pas sûr d'avoir vraiment touché l'essentiel. Je parlais de l'eau, mais peut-être avais-je en fait pensé à l'huile, à quelque autre liquide, à une substance dont les molécules ont une plus grande cohésion. L'histoire, me suis-je dit, ce sont des mouvements de fuite, une rivalité permanente des forces internes, comme dans le mercure, des tiraillements incessants entre les parties et l'ensemble, de sorte qu'il se trouve toujours une parcelle qui, exaspérée par la cohésion, tente de s'écarter autant que possible, sans se rendre compte qu'elle ne fait que répéter les schémas que le reste a déjà abandonnés, qu'elle monte là d'où les autres sont descendus depuis longtemps, qu'elle tombe vers le fond d'où les autres sont depuis longtemps remontés. Je n'étais pas sûr que tout cela eût un sens quelconque. Je sentais, à vrai dire, que tout m'échappait, devenait insaisissable, comme dans ces miroirs déformants donnant l'impression, quand on s'en approche, que l'on rapetisse et qu'on s'éloigne, si bien que, pour finir, on se cogne inévitablement le front contre la glace, alors qu'on croit commencer à peine la poursuite de son reflet, de son identité enfuie. J'ai écarté les doigts, d'abord ceux de la main gauche, puis ceux de la main droite, j'ai posé mes paumes sur la table, des deux côtés de l'atlas, et je m'y suis appuyé de tout mon poids. J'avais fui les mots, et voilà que justement j'étais en train de m'y enfoncer, sombrant dans la boue dont je m'étais dégagé, retombant dans l'œil du cyclone, dans ce calme plat au milieu de la tourmente, où les mots étaient entassés comme du lest et d'où on les tirait, revêtus d'une insignifiance pompeuse, ces mots auxquels on recourait comme à la panacée de tous les problèmes, mots creux, mots vains, langage condamné à n'être plus que cosses vides, langage où plus rien n'a aucune valeur, où chaque mot peut être remplacé par n'importe quel autre, déchargeant ainsi de toute responsabilité celui qui parle, permettant à tout un chacun de discourir et plaçant sous le signe de la suspicion quiconque a opté pour le silence. Ma tête pendait entre mes épaules levées ; je sentais une tension dans mes tendons et dans mes muscles ; mon genou gauche a trembloté ; mes reins me lançaient des avertissements ; mon oreille droite brûlait comme si j'avais reçu une gifle. « Tout compte fait... », me suis-je dit, mais je ne savais pas comment continuer. L'intérieur de la maison se remplissait d'une obscurité de plus en plus épaisse. De temps en temps, j'entendais craquer une planche, peut-être une vitre en train de refroidir, et le bruit du réfrigérateur devenait distinct à l'instant même où il cessait. Je me sentais pareil à des lèvres tentant de produire un sifflement qui n'arrive pas à sortir : tout ce que l'on entend n'est qu'un souffle à peine audible, tentatives grinçantes de l'air propulsé, suivies d'une toux sèche, de reniflements, de sourds battements du cœur venant d'une grande profondeur. Quelques heures plus tard, à quatre heures du matin, j'ai ouvert les yeux et regardé l'obscurité. C'était comme si une voix m'avait chuchoté à l'oreille : « Tu vis dans la maison d'un cartographe. » Je me suis levé et, pieds nus, je me suis dirigé vers le sous-sol. Si, autrefois, je considérais toute action comme un ensemble de mots, maintenant je me déplaçais sans que le langage y eût aucune part, je n'avais rien à m'expliquer, il me suffisait de lever la main, de jeter un regard, d'appuyer sur l'interrupteur ou de tourner la poignée, je marchais, simplement, j'allais, simplement, je descendais et je remontais l'escalier. Pas un instant je n'ai pensé à la voix, je ne me suis pas demandé à qui elle pouvait bien appartenir, pourquoi elle s'était adressée à moi ; et d'ailleurs, quand j'ai tiré sur la chaînette, dans le cagibi, quand j'ai regardé de plus près les livres et les inscriptions sur les boîtes et sur les chemises, j'ai cru qu'il devait s'agir plutôt d'un professeur d'histoire que d'un cartographe ; mais les rouleaux étaient vraiment des cartes géographiques, de diverses dimensions, des neuves et de très anciennes, ce qui rendait, ne fût-ce qu'indirectement, la voix plus convaincante, quelle qu'eût été son origine. Cette voix n'avait pas été la mienne, j'en étais sûr, car je m'étais tu tout le temps. Sans dire un mot j'ai tiré sur la chaînette ; sans dire un mot je me suis mis à examiner les rouleaux et toujours sans dire un mot je suis allé à l'atelier, j'ai trouvé un marteau et un pot de clous, puis je les ai portés, avec la carte choisie, à la salle de séjour. Puis, j'ai finalement opté pour la salle à manger. La carte était énorme et couvrait la plus grande partie du mur. C'était une ancienne carte allemande, minutieusement établie, de l'Empire romain (*Das Römische Reich seit Caesar und Augustus*). Je suis retourné, toujours pieds nus, en chercher une autre dans le cagibi, et j'en ai rapporté encore trois. Moyen-Orient, Balkans et Amérique du Nord. Les murs étaient tendres, presque diaphanes, pour la plupart en latté et en placoplâtre, et la maison retentissait et tremblait chaque fois que le marteau frappait la tête d'un clou. Je suis allé une nouvelle fois au cagibi, j'en ai rapporté encore quatre cartes, j'y suis encore retourné et j'en ai encore pris quatre. Entre-temps, j'ai bu un verre de jus d'orange. Les autres cartes étaient plus petites, je veux dire, elles étaient grandes, mais pas aussi grandes que celle de l'Empire romain, et les espaces vides sur les murs se remplissaient rapidement. Je ne cherchais pas à suivre la chronologie, je laissais chaque carte trouver sa place sans me soucier que ce fût une carte de la Roumanie ou une énorme photographie aérienne de Jérusalem, prise d'une grande altitude. L'aube pointait quand j'ai terminé. J'avais des ampoules au pouce et à la paume de la main. J'avais mal à la tête. Mes pieds étaient glacés. Il n'y avait que la cuisine et la salle de bains où je n'avais accroché aucune carte. Je me suis lavé les mains, les dents et le visage. Je m'attendais, je dois le reconnaître, à entendre la voix s'adresser de nouveau à moi, je songeais que tout doit aboutir à une explication, à un dénouement, mais rien ne s'est produit; je me suis endormi. Quand j'ai ouvert les yeux, j'ai vu la Méditerranée. En les ouvrant de nouveau, j'ai vu un visage à la fenêtre. J'ai tourné le regard vers le réveil sur la table de nuit. Entre-temps, le visage avait disparu, l'après-midi virait au soir, peut-être tout n'était-il qu'un jeu d'ombres, balancement des conifères, ondoiement des feuilles du bouleau, peut-être le rouge-gorge déployait-il ses ailes, peut-être ma tête glissait-elle de l'oreiller chaud et moite, rien ne devait forcément être tel que cela paraissait. La carte de la Méditerranée n'avait pas disparu. Elle était accrochée à la même place, sur le mur en face de moi, un peu penchée, rien de plus. La véritable histoire disparaît, comme le visage à la fenêtre, me suis-je dit en m'habillant, et reste l'interprétation, à l'instar de la carte sur le mur. Je titubais dans l'appartement envahi d'une lumière blafarde, essayant de trouver un fil qui me permettrait de surmonter la rupture de l'harmonie. Toute blafarde qu'elle était, la lumière m'a surpris, car j'étais persuadé — c'était l'idée que j'avais eue en m'endormant, la nuit dernière, ou plutôt, le matin dernier —, j'étais persuadé, dis-je, que les cartes, en recouvrant toute la surface libre des murs, ne pouvaient mener que vers le bas, là où tout le monde, me suis-je dit, se serait attendu aux ténèbres, aux seules ténèbres et à rien d'autre, là où, selon toutes les règles, devrait se trouver, pensais-je, le centre de l'histoire, comme le fond d'un entonnoir. Or, je ne trouvais pas les ténèbres, mais seulement un malaise, comme si je parvenais encore à me maintenir sur le pourtour de l'entonnoir, malgré son effritement, sa structure sablonneuse, laquelle, comme tout bourbier, si desséché qu'il pût être, devait finalement me livrer à la gueule qui guettait au fond, dans l'obscurité, à l'entrée d'un réseau enchevêtré de galeries souterraines. Le signal lumineux du répondeur m'avertissait qu'il y avait des messages. La secrétaire du doyen me rappelait la réunion littéraire du lundi, le cocktail qui devait avoir lieu ensuite, dans un restaurant voisin, puis, une voix de femme proposait de garder des bébés et des enfants en bas âge, ensuite une voix d'homme laissait un message pour John, insistant pour avoir une réponse le soir même. Peut-être suis-je John, à présent, me suis-je dit devant la carte du Moyen-Orient en 1978, puis devant celle de l'Europe à la veille de la Seconde Guerre mondiale. La voix de l'homme a dicté distinctement les sept chiffres d'un numéro de téléphone. La secrétaire du doyen a prononcé bien distinctement le nom du restaurant. La voix de femme a promis qu'elle rappellerait. Il n'y avait plus de lumière, même blafarde, et je me suis mis à appuyer sur les interrupteurs, à allumer la lampe de bureau, la lampe de chevet et les appliques. Sur la carte en relief de l'Amérique du Nord, les ombres de minuscules montagnes tombaient sur les bleus plus ou moins larges des rivières et des lacs, sur les côtes des océans. Si j'avais été à la recherche du mot juste, je me serais décidé pour « horreur », me suis-je dit, mais je n'étais pas à la recherche de mots. Je marchais parmi les empreintes de l'histoire, parmi les images usées du passé, les laissant toutes parler leur langage. Leurs langages, plutôt, me suis-je dit, car je n'étais pas sûr que l'histoire tout entière parlât le même langage, pas plus que je n'étais sûr, moi, de parler vraiment. Depuis que je m'étais levé, je n'avais pas ouvert la bouche. « Ça ne m'étonne pas, a dit le professeur de sciences politiques quand nous nous sommes rencontrés devant l'entrée de la bibliothèque de l'université, l'histoire n'a rien à voir avec la parole, elle se produit dans un espace autre que celui des mots, espace parfois exigu, parfois insaisissable, auquel l'individu en tant que tel n'a pas accès. La parole est un phénomène collectif, mais qui se réalise au niveau individuel, alors que l'histoire est individuelle, mais se réalise sur le plan collectif. La parole jaillit, gicle comme un jet d'eau, alors que l'histoire happe comme un gouffre de rivière souterraine. » Nous nous trouvions sous un tiède soleil d'automne, sous les assauts d'un vent chaud qui m'ébouriffait les cheveux et soulevait les bords de son blazer léger. Le professeur de sciences politiques a levé la main et a touché du bout des doigts les cernes sombres sous mes yeux. « Je vois que l'atlas ne vous a pas laissé indifférent », a-t-il dit. Je n'ai pu me rappeler quand quelqu'un m'avait touché la dernière fois. J'ai fait un signe de la tête et je suis entré dans la bibliothèque. Sur l'escalier mécanique qui montait, je me suis penché et je l'ai regardé s'éloigner. Le vent faisait toujours flotter les pans de son blazer ; à un moment, sa cravate aussi a été soulevée comme une voile étroite, mais il n'a pas sorti la main de sa poche ; la cravate s'est affaissée, le professeur a disparu, je n'ai plus vu qu'une branche qui se balançait comme s'il venait d'y cueillir un fruit. En quittant la bibliothèque, j'ai évidemment regardé la branche, et l'arbre — dans lequel j'ai reconnu un peuplier. J'ai posé mon sac avec mes livres, et j'ai touché les feuilles. « J'ai déterminé deux points, me suis-je dit, la haine et l'obscurité. » Je touchais toujours les feuilles, comme si elles pouvaient me servir d'appui, pendant que les étudiants passaient autour de moi. Mon sac avec les livres se trouvait au soleil ; moi j'étais à l'ombre, dans l'ombre indécise des feuilles agitées par le vent. J'ai fait tout ce long voyage, me suis-je dit, pour voir ma vie réduite à un trait entre deux points. J'ai tendu ma main, la droite, vers le sac ; de la gauche, je me tenais encore à une feuille. Une fille qui venait vers moi, des mèches de cheveux sur les yeux, a souri. J'ai supposé que c'était à moi que ce sourire était adressé, bien qu'un garçon qui marchait derrière elle reluquât ouvertement les fesses de la fille. En saisissant mon sac, j'ai arraché la feuille. La branche a rebondi comme un cri. J'ai laissé tomber la feuille, levé le sac, les yeux toujours à terre, comme un coupable. Plus tard, sur le viaduc au-dessus de l'autoroute, j'ai flairé les doigts de ma main gauche, dont l'odeur m'a fait penser à la chlorophylle. Là, sur le viaduc, les coups de vent devenaient par moments si forts qu'ils me faisaient chanceler, me poussaient contre la balustrade en métal, faisaient peser mes livres plus lourd, m'obligeaient à tendre mes muscles à l'extrême. J'ai fait un si long voyage, me suis-je dit, pour voir ma vie réduite justement à ce que j'ai voulu fuir. Cette pensée m'a paru familière, comme si je la connaissais déjà, comme si je ne faisais que la répéter. Sur le panneau, devant l'église, on lisait : « Dieu écoute. » Sur le centre commercial, un drapeau flottait. J'ai fait une halte à l'arrêt d'autobus. Histoire de souffler un peu, sans plus. Deux femmes âgées, appuyées sur des caddies du supermarché, regardaient dans la direction d'où, supposais-je, devait arriver l'autobus. Puis toutes les deux en même temps ont tourné la tête vers moi. Mon sac avec les livres, en toile, portant une publicité multicolore, avait de longues poignées, de sorte que j'ai pu le charger sur mon épaule. Je me suis aussitôt courbé comme si je portais du plomb ou au moins du charbon, mais je ne l'ai pas posé avant d'arriver dans mon arrière-cour. Celle-ci était couverte de feuilles. Je me suis assis sur une marche et j'ai fermé les yeux. J'ai toujours fait comme cela, je fermais toujours les yeux pour essayer de mieux voir. Dans la maison, le vent ne se faisait pas sentir, mais j'entendais les branches grincer, les murs en bois craquer, le monde se resserrer. J'ai bu d'un trait un verre de jus d'orange devant la carte de l'Empire romain. Les diverses conquêtes étaient indiquées par des couleurs différentes. J'ai vu le mot « Germains », j'ai vu le mot « Slaves », mais nulle part je n'ai pu découvrir le mot « Barbares ». « Tant que le monde, ce que l'on pouvait considérer comme les limites du monde, pouvait tenir sur une carte, ai-je dit le lendemain à ma voisine, on pouvait le concevoir ; du moment où il est devenu un livre, il n'a plus été qu'interprétation. » La voisine s'est contentée de sourire. Elle m'avait vu dans l'arrière-cour, où je tâchais de ramasser les brindilles et les feuilles que le vent avait arrachées, et elle s'était approchée de la clôture. À l'endroit même où j'avais vu le genou de sa fille, je voyais à présent son genou à elle, plus gros, plus clair, mais tout aussi potelé. Elle m'a fait un signe de la main et elle a disparu, sa tête d'abord, son genou ensuite, mais je n'en suis pas sûr : peut-être a-t-elle d'abord retiré son genou, puis, s'appuyant sur la clôture pour prendre son élan, s'en est-elle détachée et éloignée, de sorte que la tête a suivi la dernière le mouvement du corps. Un moment, j'ai espéré qu'elle reviendrait. Elle n'est pas revenue. Les nuages s'amoncelaient dans le ciel, les cimes des arbres ont commencé à se balancer, légèrement, doucement, comme des rideaux dans un courant d'air et tout mon travail risquait de devenir un effort inutile. Je suis entré dans la cuisine pour y chercher les sacs à déchets. Je ne les ai pas trouvés. J'ai parcouru les feuilles portant les indications : pas un mot sur les sacs. Par la fenêtre de la cuisine, j'ai regardé s'envoler les feuilles au sommet du tas que j'avais amassé. Mes pièces à moi, me suis-je dit, ce sont la cuisine et la salle de bains. C'est là que je suis un corps, nourriture et excréments, énergie et sécrétions, assiette et peigne, jus de fruit et urine. « Bref, ai-je dit au doyen à la sortie de la réunion littéraire, la vie, c'est la peur de la vie. » Le doyen était bien d'accord et a ajouté que, d'une certaine manière, la vie commence là où elle se termine. Il ne pensait pas à la mort, bien entendu, a-t-il précisé ; jamais, en fait, il ne pensait à la mort en présence de l'art, mais à ce bond qualitatif qui transporte la vie, la vie humaine, par-delà les limites biologiques, dans la sphère de l'esprit, au moment où la vie, au sens littéral, n'est plus la vie mais le support de l'intellect et où, pour cette raison précisément, l'esprit redoute la débilité du corps. Nous nous trouvions — le doyen, le professeur de sciences politiques, un poète dont je n'ai pas retenu le nom, deux jeunes filles et moi — dans un restaurant au centre de la ville. Nous buvions de la bière. Le poète s'est dit sensible au fait que quelqu'un qui venait du fond de l'enfer n'écrivît pas sur le feu. Là-bas, a-t-il dit, il se serait senti comme sur la chaise électrique. « Oh, oui ! » se sont exclamées les jeunes filles, à l'unisson. L'une avait de longs cheveux blonds, l'autre des cheveux très courts et, tatouée sur le lobe de l'oreille, une rose bleue. Le point de vue du doyen était différent. Pour lui, la guerre n'était que vulgaire manipulation, utilisation abusive de l'homme, désacralisation de ses droits fondamentaux, anéantissement des vertus. Le doyen affectionnait les mots longs. Le professeur de sciences politiques a immédiatement protesté : « La guerre était autrefois considérée comme une vertu », a-t-il dit, sans citer aucun exemple. Il a levé sa chope et bu quelques grandes gorgées de bière. Nos regards étaient fixés sur lui, sur sa pomme d'Adam qui bougeait dans sa gorge, sur la mousse à ses lèvres. « Moi, je ne peux tout simplement pas imaginer la guerre », a dit la fille à la rose tatouée. « Nous vivons constamment en guerre, a dit le professeur de sciences politiques en s'essuyant la bouche du revers de la main, et ce que nous ne pouvons véritablement pas imaginer, c'est la paix. » Le poète a trouvé que cela ferait un bon vers, mais l'autre fille s'est insurgée contre de telles généralisations. Elle comprenait parfaitement, a-t-elle dit, ce que le professeur voulait dire, elle-même avait vécu une sorte de guerre avant de prendre conscience qu'elle était lesbienne, mais à présent, en revanche, elle vivait en parfaite harmonie avec elle-même et avec les autres, en fait, avec le monde entier, a-t-elle ajouté. Le professeur de sciences politiques a pointé son index sur moi en disant : « Si vous ne me croyez pas, demandez à cet homme. Demandez-lui si quelque chose a changé pour lui, si cet endroit où nous sommes diffère de celui d'où il est venu, s'il se sent moins en guerre ici que là-bas. » Tous ont tourné leurs regards vers moi. J'ai saisi ma chope, j'ai bu quelques grandes gorgées de bière et j'ai essuyé ma bouche du revers de la main. Le doyen estimait que nous faisions fausse route, que dans notre discussion les prémisses — mais il n'a pas dit lesquelles — étaient mal posées. Le professeur de sciences politiques s'obstinait. Il a parlé des tremblements de terre, a dit qu'ils surviennent toujours le long des malformations géologiques, là où les parties de la croûte terrestre sont en friction, mais qu'ils peuvent aussi être provoqués par des activités humaines, comme, par exemple, lors du remplissage ou de la vidange des grands lacs des barrages-réservoirs, il suffit parfois de si peu, a-t-il dit, pour ébranler le monde sur ses assises. Nous l'écoutions, hochions la tête, levions nos verres de bière. À un moment, nous avons tous, à l'exception du professeur, approché les verres de nos lèvres, puis nous les avons reposés en même temps sur la table. Le serveur, un jeune homme dont les cheveux étaient coiffés en queue de cheval, s'est penché vers nous pour nous demander, presque en un murmure, si tout allait bien. Tout allait bien, lui avons-nous dit, chacun pour sa part. Le garçon voulait savoir si nous étions d'attaque pour une nouvelle tournée. Il chuchotait toujours, comme s'il nous proposait une potion magique ou une drogue prohibée. Nous étions d'attaque, avons-nous dit, bien que les filles n'eussent pas encore fini leurs verres. Le professeur de sciences politiques a sorti un stylo à bille de sa poche, a pris une serviette en papier, sur laquelle il a dessiné un cercle, qu'il a ensuite divisé par des traits sinueux ; il a épaissi certains points d'intersection, avant de noircir çà et là quelques parties. La fille à la rose tatouée sur l'oreille a posé son index sur une tache sombre. « C'est là, a dit le professeur, que le monde se décompose. » Avec des gestes adroits, le garçon a distribué les chopes qu'il avait apportées sur un plateau mouillé. Les filles ont vite fini leurs verres de la tournée précédente, comme si le garçon ne devait plus jamais revenir, et elles lui ont tendu les verres vides. Le garçon avait des doigts potelés et un ongle long au petit doigt de la main droite. Les chopes aussi étaient potelées, avec des anses où l'on pouvait loger le doigt comme sur une détente de pistolet. Le poète a dit qu'il comprenait comment se produisait un tremblement de terre, mais qu'il ne voyait pas quel rapport cela pouvait avoir avec notre sujet, sans cependant préciser quel était ce sujet. « Essayez de vous représenter cela de la façon suivante », a dit le professeur de sciences politiques. Il a retourné la serviette, a dessiné un petit cercle, l'a noirci d'un mouvement rapide, puis, autour, il a tracé des cercles plus grands, concentriques. « La Terre, en gros, est composée de couches », a-t-il dit. Il nous a regardés. Personne n'a soufflé mot. Une chope s'est levée, une autre s'est posée. « Ceci est le centre de la Terre », a dit le professeur de sciences politiques en pointant son stylo à bille sur le cercle noir, « le magma incandescent, le feu vif, le cosmos qui palpite encore, et ceci », il déplaçait la pointe du stylo le long des cercles concentriques, « ses couches de plus en plus froides, minerais, minéraux, roches, fossiles, puis sa croûte, montagnes, mers et vallées, forêts, cañons et déserts. » Il nous a regardés. Personne n'a rien dit. La fille à la rose tatouée a touché son lobe, délicatement, comme si elle le caressait, comme si elle vérifiait si la rose était bien à sa place. Le professeur de sciences politiques a bu une gorgée de bière, essuyé la mousse sur ses lèvres. « L'homme, les humains, a-t-il dit, forment un cercle à part, non pas sur la croûte, comme on pourrait le croire, mais entre la croûte et l'atmosphère, un cercle qui, véritablement, n'appartient à personne. Ce cercle, a-t-il poursuivi en retournant encore une fois la serviette, est également divisé en nombreuses parties, avec leurs points de rencontre, avec leurs frontières exerçant des frictions les unes contre les autres, et avec des rebords qui empiètent les uns sur les autres. » Il nous a regardés. Personne n'a ouvert la bouche. « C'est là, à ces endroits, a-t-il dit, que surviennent les guerres, de la même manière, justement, que se produisent les tremblements de terre, lesquels se répètent aussi longtemps que les anomalies géologiques ne sont pas corrigées. À la seule différence près qu'ici il n'est pas question de géologie, mais de l'esprit humain. » La fille aux longs cheveux blonds a souri, le poète a fermé les yeux, le doyen a fait la moue, la fille à la rose tatouée a mordu le bout de son pouce. « De la même manière, a dit le professeur de sciences politiques, les guerres se répètent jusqu'à ce que les anomalies de l'esprit humain soient corrigées, jusqu'à ce que les différences soient aplanies, la compréhension établie, ou jusqu'à ce que quelqu'un soit anéanti. » Le doyen a conclu en disant qu'il s'agissait d'une question d'équilibre, ou plus exactement, a-t-il dit, d'absence d'équilibre. Il s'est servi de l'image de la balance, a parlé du poids que l'on met sur l'un ou l'autre des plateaux, à croire qu'il avait jadis travaillé dans une épicerie ou dans une pharmacie. Le poète était obligé de partir, sa femme l'attendait. Les filles aussi ont dit qu'elles devaient partir, sans dire toutefois qui les attendait. Le doyen s'est proposé de me reconduire chez moi en voiture. Le professeur de sciences politiques secouait la tête comme s'il ne croyait pas à ce qu'il venait de nous débiter. Dehors, il neigeait. Nous nous tenions tous les six dans l'embrasure de la porte ouverte du restaurant, à regarder les flocons. La fille aux longs cheveux blonds a dit qu'elle avait lu quelque part que si les mots peuvent être comparés à quelque chose, c'est bien aux flocons de neige, parce que, comme ceux-ci, ils se maintiennent un certain temps, mais finissent toujours par fondre, par disparaître. Aucun d'entre nous ne savait où elle avait pu lire ça. « Où que ce soit, a dit le poète, on en trouvera l'origine chez Dante. » Le doyen a émis une réserve, disant qu'il n'était pas du tout sûr que Dante eût jamais parlé de la neige, mais le poète a insisté : « Dante et Shakespeare ont tout écrit, a-t-il affirmé. Les autres poètes ne font que picorer les miettes oubliées et vivent d'invention de nouvelles paraphrases. » La fille aux longs cheveux blonds n'a pas pu ou n'a pas voulu nous aider. « Celui qui sait ce qu'est le feu, a dit la fille à la rose tatouée, sait aussi ce qu'est la glace. » Elle s'est approchée de moi et m'a embrassé, en posant légèrement sa joue déjà mouillée contre la mienne, tout aussi mouillée, peut-être même plus, puisque j'étais sorti le premier du restaurant et que j'étais le seul à me tenir hors du petit cercle, ou plutôt du petit rectangle à l'abri d'un auvent étroit. La neige tombait si dru que, à peine m'étais-je éloigné de deux ou trois pas de l'entrée du restaurant, j'eus envie de prendre la main du doyen ou, tandis qu'il se dirigeait vers sa voiture, de me raccrocher à la ceinture de son pardessus. Il gardait le silence, au volant, ce que j'interprétais comme de la concentration, même si, à un moment où nous étions arrêtés à un feu rouge, il m'a assuré qu'il n'y avait rien là d'inhabituel, que la neige, ici, était comme ailleurs le soleil ou la pluie. Il n'a pas dit où était cet ailleurs. Quand les feux ont changé, une jeep rouge avec de grosses roues a croisé notre route, nous avons dérapé deux ou trois fois, heurté le bord du trottoir, nos regards toujours fixés sur le rideau de neige que les essuie-glaces écartaient par instants et à travers lequel, à des intervalles imprévisibles, surgissaient des formes sombres que je supposais, avec raison, croyais-je, être des voitures en panne ou abandonnées. Je ne reconnaissais rien, et quand nous nous sommes arrêtés, j'ai cru que le moteur venait de lâcher. Le doyen a passé la langue sur ses lèvres et a dit que j'étais, espérait-il, un de ces créateurs capables de trouver de la diversité dans l'uniformité, un spectre de couleurs dans la blancheur de la neige. Je n'ai rien répondu. J'ai vaguement acquiescé de la tête, j'ai ouvert la portière et je suis descendu de la voiture. Mes pieds se sont enfoncés dans une épaisse couche de neige, et j'ai senti celle-ci pénétrer dans mes chaussures. Arrivé à la porte d'entrée, je me suis retourné. Hormis les marques de mes pas, trous précaires sur l'allée enneigée, et les traces entrecroisées des pneus sur la route, rien n'était réel. La lumière des réverbères pouvait aussi bien être celle des étoiles lointaines, tellement elle était vacillante, effrangée par la précipitation des flocons. Je suis entré dans la maison, et, sans allumer la lumière, je suis allé à la cuisine. La neige tombait dans l'arrière-cour ; je ne sais pourquoi j'ai cru qu'elle n'y tomberait point, comme s'il eût pu s'agir là d'un espace protégé, d'un lieu sacré, d'une grotte invisible et pourtant réelle. J'ai entrouvert le réfrigérateur, j'ai jeté un coup d'œil à l'intérieur et je l'ai refermé. Toujours dans l'obscurité, je suis passé dans la salle de séjour, j'ai regardé par la fenêtre et je n'ai plus pu distinguer mes traces dans la neige. Je voyais de légers creux là où je supposais avoir posé les pieds, mais l'écart entre ces creux était aussi grand que si, une fois descendu de la voiture du doyen, j'avais fait des sauts pour essayer d'échapper à la neige qui se glissait entre le cuir de mes chaussures et mes chaussettes bleu marine. Si je n'avais pas été dans la maison, si, malgré la neige qui tombait toujours, je m'étais trouvé *devant* la maison, là où commençait, à présent invisible, l'allée bétonnée qui passait entre les conifères et le bouleau, visibles, eux, mais transfigurés, j'aurais cru que quelqu'un d'autre, un homme grand, bien plus grand que moi, y était passé, avançant à grandes enjambées vers un abri, vers la chaleur et la lumière, mais j'étais dans la maison, à l'abri, au chaud, bien que sans lumière, et, malgré tous mes efforts, je ne pouvais me rappeler avoir fait le moindre saut. Je me rappelais le visage du doyen, ou plutôt le contour de son visage éclairé un instant par la petite lumière qui s'était allumée quand j'avais ouvert la portière, et ses mains tranquillement posées sur le cercle du volant, alors que conduire par un temps pareil exigeait un effort de tous les muscles, *des miens* autant que *des siens*, car pendant le trajet, comme cela se produit le plus souvent dans ces cas-là, j'avais imité tous ses mouvements, non pas en bougeant réellement, bien entendu, mais quelque part en moi-même, dans mes cuisses qui se serraient, dans mes mollets, dans mes pieds qui, sans appuyer sur quoi que ce soit, imitaient une pression, dans ma colonne vertébrale et mes épaules et, surtout, dans mes bras, qui se serraient contre mes côtes, dans mes coudes qui s'enfonçaient dans mon ventre tendu. Les flocons s'écrasaient contre le pare-brise, certains collaient à la vitre et glissaient lentement vers le bas jusqu'au moment où ils se fondaient avec d'autres. Non, je ne pouvais me souvenir d'aucun saut. Arrivé à la porte d'entrée, je m'étais retourné, mais le doyen était déjà parti, sa voiture avait descendu la pente douce de la rue comme un traîneau glissant de biais, avais-je pensé en me retournant. J'ai noté comment les branches du bouleau pliaient sous le poids de la neige, qui avait transformé les conifères en cônes presque parfaits. « Ici, je vieillirai », me suis-je dit comme si me revenait en mémoire le nom d'un ami. Certains noms, bien entendu, ne nous disent rien ; certaines évocations ne servent qu'à mieux oublier. Quand la neige a cessé de tomber, j'étais toujours devant la fenêtre. J'ai vu un dernier flocon toucher le sommet d'un monticule formé par la haie recouverte de neige qui marquait la limite entre deux propriétés, puis tout est soudain devenu calme et d'une blancheur laiteuse. Des trapèzes jaunâtres, reflets des fenêtres des maisons où la lumière brillait encore, étaient étendus sur la neige comme des tapis; la lumière du réverbère tombait comme une chemise de nuit jusqu'à la base du poteau, où elle formait un cercle pareillement jaunâtre. Dans l'arrière-cour, comme j'ai pu le voir après être retourné dans la cuisine, régnait aussi la même blancheur laiteuse; tout était si blanc que j'ai cru, un moment, avoir oublié d'éteindre la lampe de la cour. Seules les cartes sur les murs, je l'ai remarqué en passant, étaient devenues plus sombres, même la carte de l'Empire romain. Jérusalem s'était transformé en une sorte de pâté, les Balkans en une tache de graisse, l'Europe de l'Est en un gribouillis confus. Je suis repassé une nouvelle fois devant elle, en me rendant cette fois-ci à la salle de bains, où j'ai enfin allumé la lumière. J'ai examiné attentivement ma joue, la gauche, celle que la fille à la rose tatouée avait touchée de la sienne, la gauche, également. Je n'y ai rien trouvé. La neige tombait de nouveau le lendemain matin, pendant que je prenais mon petit déjeuner. J'avais auparavant balayé la neige sur l'escalier de derrière, déblayé avec une pelle l'allée de devant et une partie du trottoir, secoué le bouleau, fait tomber la bordure blanche du petit bassin, dégagé le portillon de la clôture. J'ai tout d'abord été fier de mon travail, surtout en sentant mes muscles se tendre, mes tendons saillir sous l'effort, mais ensuite, debout sur le perron, appuyé sur le balai, je me suis dit que tout ce que j'avais réussi à faire, comme la plupart des gens, c'était mettre du désordre à la place de l'ordre, salir ce qui avait été propre, introduire le chaos dans l'harmonie. Des feuilles sèches et de l'herbe apparaissaient aux endroits où le bout de ma pelle avait atteint le sol, les empreintes de mes pas brisaient les lignes délicates des monceaux de neige, de petites mottes de terre étaient mêlées à la neige piétinée. Si je devais détester quelqu'un, me suis-je dit, c'était bien moi-même; si je devais reprocher à quelqu'un son ignorance, c'était à moi que je devais adresser ce reproche. J'ai appuyé le balai contre le mur et écarté les cheveux de mon front. Dans le silence total, une porte a grincé et la voisine est apparue dans sa cour. Se dirigeant vers son garage, elle m'a fait un signe de la main, sans s'arrêter. Elle portait un blouson rouge, un pantalon noir et des chaussures montantes. Quelque part dans ce pantalon se trouvait son genou bordé de lignes rouges imprimées par les lattes, là où elle s'était appuyée contre la clôture qui nous séparait. Je ne pouvais l'imaginer qu'ainsi et c'est ainsi que je l'imaginais tandis que je me penchais sur mon omelette et buvais du lait chaud. C'est ainsi, me suis-je dit, qu'un naufragé songe à une île. Tandis qu'il sombre, c'est la rive sablonneuse de l'île qu'il gravit; tandis qu'il aspire l'air pour la dernière fois, c'est sous un arbre qu'il s'étend, près d'une source, dans une ombre qui réconforte et redonne l'espoir, alors même qu'il n'a plus aucun espoir. Je n'étais pas certain que ce genre de pensée convenait à un petit déjeuner, à quelque repas que ce soit, à vrai dire. J'ai toujours considéré qu'il fallait manger dans un vide total, sans pensées et sans phrases, et cependant j'ai toujours mangé la tête bourdonnante comme une ruche. La neige, entre-temps, s'est remise à tomber, plus fine que la nuit précédente, mais tout aussi drue, et lorsque j'ai levé les yeux de mon lait, le genou de la voisine s'est transformé en une grappe aérée de flocons. Je me suis dit que je devrais noter cet enchaînement de blancheurs, cette transmutation, si l'on peut dire, du lait en semoule de neige par l'intermédiaire d'une douce peau de femme ; si, toutefois, la peau du genou peut être qualifiée de douce et si la neige ressemble vraiment à de la semoule, bien entendu. Je ne pouvais rien vérifier de tout cela. Mes papiers restaient toujours posés près de l'ordinateur, dans la pièce où j'entrais rarement, plutôt porté à m'arrêter dans l'embrasure de la porte, ou bien, ayant fait un pas ou deux dans la pièce, à me retourner et à revenir dans le couloir. Dans le couloir, je pouvais m'accroupir, me tenir debout, m'étendre, même ; dans la pièce où se trouvait l'ordinateur, je ne pouvais rien faire. À plusieurs reprises, dès mon arrivée, j'avais changé la disposition des affaires sur mon bureau, persuadé que les objets peuvent parler, mais seulement quand ils sont à la bonne place. Il suffisait alors d'avoir de la patience, de savoir écouter, entendre, même si l'on avait la tête sous l'eau. Cela non plus je ne pouvais le vérifier ; et c'était là, je le savais, une de mes échappatoires, un des moyens de confirmer, à moi-même sinon à quelqu'un d'autre, l'imperfection du monde ou, mieux encore, ma propre imperfection. La neige a cessé de tomber à midi précis. Dans un placard, j'ai trouvé des bottes en caoutchouc. Je les ai chaussées et j'ai fait quelques pas, d'abord dans la cuisine, puis dans le couloir. Mes pieds glissaient dans les bottes, mes orteils butaient contre le caoutchouc dur, mes talons contre les contreforts ; elles étaient trop grandes, mais en même temps, aux revers, faits de caoutchouc d'une autre couleur, elles me serraient les mollets comme si elles étaient trop petites, me meurtrissaient les jambes et, quand je suis sorti, me rappelaient sans cesse, dans l'alternance de la douleur sourde et du crissement de la neige qui accompagnait mes pas, qu'elles appartenaient à quelqu'un d'autre. Sur le panneau en bois, près de l'église, en face du centre commercial, on pouvait lire : « Dieu est blanc. » Les lettres aussi étaient blanches, seul le point à la fin de la phrase était rouge. Sous l'abri de l'arrêt d'autobus en plaques de plexiglas, une femme emmitouflée dans une écharpe était assise, un panier sur les genoux. Sur le parking du centre commercial régnait l'animation habituelle, des voitures arrivaient et repartaient, des portières s'ouvraient et se refermaient, de petits drapeaux flottaient, des publicités lumineuses clignotaient. En fait, il n'y avait point d'instant où tout se serait immobilisé. Toujours quelque chose était en mouvement, hors du langage, hors des phrases, hors du récit. J'ai dû m'arrêter. Les nuages chargés de neige s'écartaient lentement, juste au-dessus du campus, comme pour former quelque signe secret. À ma gauche, sur le fond d'un horizon un peu plus sombre, brillaient les grands immeubles du centre-ville, dont je n'avais pas réussi à m'approcher malgré toutes les longues marches de ces derniers jours. À ma droite, la ville débordait ses limites, rampait sur une colline semblable à celle qui, derrière moi, au bout de la rue, mais dépourvue d'immeubles, s'enfonçait dans le quartier où j'habitais. Cela faisait longtemps que je n'avais pas pensé à la haine, me suis-je dit. Je ne savais si je m'en sentais mieux ou plus mal, je ne savais même pas si je sentais quelque chose, j'ai simplement dévié de mon chemin habituel, de sorte que l'université s'est trouvée à ma droite, et je me suis engagé, face au centre-ville, dans une rue qui passait entre des pavillons. Arrivé au premier coin, j'ai tourné de nouveau, arrivé au coin suivant, j'ai tourné encore. À première vue, toutes les maisons se ressemblaient, mais dès que je les examinais un peu mieux, sans toutefois les examiner vraiment, me contentant de relever seulement leur présence du coin de l'œil, tout en marchant, comme pour un recensement, je constatais qu'aucune n'était pareille à une autre. Seules les fenêtres étaient semblables, grandes baies qui, comme dans *ma* maison, occupaient la façade presque tout entière, et derrière lesquelles, comme dans ma maison, il n'y avait personne. En effet, il n'y avait personne nulle part. Pourtant, à un moment, une boule de neige a filé près de ma tête, mais lorsque je me suis retourné, je n'ai pas vu, comme je m'y attendais, de garçonnet ni de fillette. J'ai aperçu un écureuil sur un poteau électrique. J'ai jeté un coup d'œil derrière le buisson le plus proche, je me suis penché par-dessus une haie, je suis même passé de l'autre côté de la rue. Puis je suis revenu jusqu'à la boule de neige, qui gisait sur un petit amas de neige comme une minuscule météorite glacée au creux d'un cratère peu profond. En roulant, après son vol, elle avait grossi d'une couche supplémentaire de flocons agglutinés. La trace qu'elle avait laissée, effrangée et irrégulière, rappelait celle d'un escargot sur un sol friable. C'est ainsi que moi aussi, me suis-je dit, j'ai atterri ici comme venu de nulle part et sans intention de repartir où que ce soit, comme si je n'avais nullement l'intention de m'éloigner de l'éminence qui s'élevait derrière la maison que j'habitais. Je suis tombé du ciel, me suis-je dit, et je me suis aussitôt souvenu de la nausée éprouvée lors de l'atterrissage, la sensation que le seul moyen de maîtriser mes tripes, c'était de les laisser sortir. J'ai tendu la main et j'ai touché la boule de neige, de l'index d'abord, puis du pouce et ensuite de la paume entière. Peut-être devrais-je la rapporter chez moi, me suis-je dit, inquiet, en même temps, de penser de plus en plus souvent et avec une telle facilité à une maison étrangère comme si c'était la mienne. La boule de neige n'était pas à moi, non plus, ce qui rendait ma décision plus difficile à prendre, mais j'avais le temps, j'étais prêt à laisser « encore une chance », comme on dit, à son propriétaire, si elle en avait un. Je me suis donc accroupi près de la boule, je l'effleurais de temps à autre, de la main droite, puis de la gauche, je regardais de temps à autre autour de moi, une fois même derrière moi, une fois droit au-dessus de moi, vers le ciel déjà dégagé, bleu, comme s'il n'avait jamais été différent. Une camionnette est passée dans la rue, et le vrombissement du moteur, le crissement de la neige sous ses pneus, le cliquetis d'objets invisibles qui venait de son chargement, à l'arrière, tous ces bruits qui se sont déployés au-dessus de moi comme un voile, m'ont incité à prendre une décision. « Allons-y ! » me suis-je dit. J'ai tendu la main, j'ai saisi la boule de neige, et, me redressant, je l'ai fourrée dans la poche de mon blouson. La camionnette est arrivée au coin de la rue, s'est arrêtée un instant comme si elle hésitait, puis elle a tourné à droite, là où j'avais tourné à gauche sans savoir encore que le chemin que j'empruntais allait me conduire à la boule de neige. Je me suis dirigé vers l'autre bout de la rue, lentement, en prenant garde de n'attirer l'attention de personne. Je ne savais de qui j'aurais bien pu attirer l'attention, mais comme toujours en pareil cas, au lieu de marcher avec insouciance, comme un passant qui désire simplement prendre l'air, ou qui rentre chez lui, sa tâche accomplie, je marchais d'une manière de plus en plus ostentatoire, boitant presque, courbé sous une charge secrète, plié à force de vouloir me tenir droit, bien visible dans mon invisibilité imaginaire. La seule chose que je n'ai point modifiée, c'était ma façon de changer de direction à chaque fois que j'arrivais à un endroit où deux rues se croisaient, se rejoignaient ou se fondaient en une courbe : là je tournais toujours, et ainsi je suis arrivé à une rue qui longeait le terrain de sport de l'école, mais du côté opposé à celui par où je passais d'habitude. Cette rue, après un tournant exceptionnellement brusque, débouchait tout droit dans celle où j'habitais. La boule de neige avait entre-temps diminué, sans perdre en poids, j'en étais persuadé, vu qu'elle pesait toujours autant sur ma hanche. Au-dessous de la poche de mon blouson, poche rapportée et d'une couleur différente, s'était formée une tache foncée, humide, en demi-lune. Je me suis dit que je pourrais la sécher avec un fer à repasser si seulement j'en trouvais un, si seulement j'arrivais à la maison. D'un bouleau, un oiseau a pris son vol ; un chien a aboyé quelque part. Arrivé à l'allée déblayée qui menait à ma porte d'entrée, je traînais la jambe, au point que cela me faisait mal. J'ai contourné la maison et gravi l'escalier en bois. En cherchant la clef dans la poche de mon pantalon, sous la tache humide du blouson, je me suis dit que c'était un peu de la même manière que je disparaissais moi aussi : j'arrive comme une boule de neige, je disparais comme une boule de neige, et tout ce qui reste, c'est une petite mare. Les mares me faisaient toujours penser aux grenouilles, aussi immanquablement que j'appelais tous les chiens Freddy. Il n'y a que pour moi-même que je n'ai jamais eu de nom permanent, me suis-je dit. Je me tenais debout dans la cuisine, toujours en blouson, et du fond de ma poche de grosses gouttes se détachaient lentement et tombaient sur le plancher. J'ai plongé la main dans la poche et j'en ai retiré le reste de la boule de neige, le moignon, la rognure, la miette. Ce qui naguère avait été blanc était à présent incolore ; à la place d'une sphère bien ronde, je tenais un morceau informe d'eau gelée, mêlée de fragments de fils, de peluches de tissu, de poussières et d'infimes débris. Dehors, il faisait encore jour, mais dans la maison régnait déjà la nuit, ou du moins le crépuscule, et les cartes, plus que jamais, n'étaient que taches sombres. Je suis allé dans la salle de bains et j'ai rincé la saleté que la neige fondue avait laissée sur ma main. Sans doute, me suis-je dit, le professeur de sciences politiques aurait-il donné à tout cela encore un autre sens. D'aucuns, me suis-je dit, voient toujours plus que ce que l'on peut réellement voir. D'autres ne voient même pas ce qui est visible. Je ne savais dans quelle catégorie me classer moi-même. J'ai regardé fixement mon visage dans le miroir, puis j'ai écarté les cheveux de mon front. Je ne croyais pas les miroirs. Je ne croyais à rien, me suis-je dit. Autrefois, j'avais cru aux mots, pas très longtemps, mais assez longtemps, cependant, pour croire, ensuite, qu'il était possible de retrouver cette foi. J'ai ouvert la bouche comme si j'allais dire quelque chose, j'ai aperçu mes dents, ma langue, le rose de la cavité buccale. Dehors, dans les branches des conifères, probablement, des moineaux se chamaillaient. Tout à coup, quelque chose a crépité quelque part, puis un éclat sourd a retenti, semblable à celui d'un élastique tendu qui casse. Dans l'obscurité grandissante, mon visage se brouillait, se déformait, ondulait à la surface du miroir comme des poissons dans une eau trouble. « Vous êtes venu ici pour écrire, avait dit le doyen, et nous ferons tout pour que rien ne vous en empêche, surtout pas les souvenirs. » Je ne savais à quels souvenirs il avait fait allusion. Je ne pouvais me rappeler aucun souvenir. Je ne me rappelais que la boule de neige, qui n'existait plus. Je me suis rapproché du miroir, mais je n'y ai plus vu que mon nez, le bout de mon nez, puis il a disparu lui aussi, comme tout le reste. Je suis sorti de la salle de bains, j'ai fait un tour dans la maison, marchant entre des taches d'ombre et des tranches de lumière venant des réverbères de la rue, je me suis arrêté devant la porte du sous-sol, je me suis appuyé contre le chambranle et j'ai inspiré profondément. Quand j'ai fermé les yeux, des lucioles ont voltigé sous mes paupières. Quand je les ai rouverts, la neige tombait de nouveau. J'ai imaginé un moment la maison complètement ensevelie sous la neige. Seule la cheminée pointait au sommet d'un monticule blanc. Le lendemain matin, muni de feutres, j'ai tracé sur les cartes les frontières dont avait parlé le professeur de sciences politiques. J'ai séparé le monde civilisé du monde barbare, les Illyriens des Slaves, l'Orient de l'Occident, les Arabes des Juifs. J'ai bientôt obtenu tant de frontières, invisibles et pourtant réelles, que le monde s'égrenait comme un épi de maïs. À midi, j'ai fait une pause, j'ai préparé un potage de tomates instantané et je l'ai mangé debout, au milieu de la salle de séjour. Quelqu'un, je ne savais plus qui, avait eu raison en disant que l'histoire est le reflet de la géographie ; l'histoire est géographie, de même que la géographie, me suis-je dit, est un reflet de l'esprit humain et qu'elle devient insurmontable là où l'esprit ne parvient pas à acquérir une qualité nouvelle. Peut-être m'étais-je trompé quelque part, mais je me suis toujours fié au doute plutôt qu'à la conviction, à la souple indécision plutôt qu'à la ferme assurance. Les cartes, elles au moins, ne mentaient pas, puisque les endroits où elles étaient presque lacérées par de nombreux traits de feutres de différentes couleurs, lieux de rencontre d'esprits différents et de préjugés idéologiques, coïncidaient toujours avec des délimitations géographiques. Il y avait toujours un fleuve qu'il n'était pas permis de franchir, un col qu'on ne pouvait gravir, en dépit de sa pente douce, une plaine qui, refusant de se donner à quiconque, n'a jamais connu que des maîtres passagers, un haut plateau qu'on ne pouvait que convoiter, un cañon sur lequel on ne pouvait jeter un pont, une vallée qui, serpentant le long d'une rivière, attirait et séduisait, brouillant les lignes de partage des différences insurmontables, surtout à l'aube, quand les franges de brouillard roulent sur les versants environnants, il y avait toujours un endroit où les vergers dégénéraient en fourrés, les champs labourés en pâturages, où les palissades cédaient la place à de hautes murailles et où les vieux ponts en pierre cédaient le pas aux ponts suspendus. J'ai feuilleté lentement l'*Atlas historique de l'Europe centrale et orientale.* Des empires se muaient en royaumes, des comtés s'unissaient en provinces, des provinces devenaient républiques, des monarchies se querellaient, des régions autonomes se repliaient sur elles-mêmes, des fédérations aspiraient à devenir des confédérations, mais les frontières, au sens plus large, les vraies, celles qui relevaient vraiment de l'esprit et non des modifications militaires ou politiques, restaient les mêmes, toujours le long des mêmes délimitations géographiques. Certains fleuves sont simplement restés infranchissables, certaines falaises insurmontables. Peu importait où se trouvait une frontière, frontière justifiée par une guerre, une conquête ou un compromis; la vraie frontière pouvait être quelque part ailleurs. Parfois, une rivière qui traversait depuis des siècles un État, bien à l'intérieur de son territoire, n'avait pourtant jamais servi de lien, n'avait toujours fait que séparer, au contraire, que confirmer les différences, montrant que le monde peut avoir mille masques mais un seul vrai visage. J'ai posé les feutres sur la table de la salle à manger. Je les ai d'abord rangés selon leur longueur, puis selon leur épaisseur, ensuite j'ai voulu les disposer dans l'ordre des couleurs de l'arc-en-ciel, mais je n'ai pu me rappeler cet ordre. Les cartes, de toute évidence, malgré tous mes bariolages, ne ressemblaient pas à un arc-en-ciel; à un endroit seulement, sur la carte des Balkans, des lignes épaisses, vues de loin, pouvaient évoquer l'éclat d'un arc-en-ciel, une lumière qui perce entre les nuages, la brillance d'un rideau de pluie suspendu au-dessus d'une ville. Tout comme le soir était maintenant suspendu dans le ciel, au-dessus de cette ville que je ne connaissais pas, dans ce pays que je ne pourrais jamais traverser d'un bout à l'autre. Si une fois encore j'en viens à penser qu'ici je vieillirai, me suis-je dit, je cesserai de penser. J'ai écarté la chaise de la table, je me suis assis, j'ai courbé la tête et touché la table du front. J'étais parti, ai-je songé, parce que l'espace avait commencé à se rétrécir, que les murs menaçaient de m'étouffer, que je ne me reconnaissais plus moi-même pendant que je marchais dans les rues, lisais les titres des journaux, achetais mon pain, lançais des galets dans le fleuve. « Tu es quelqu'un d'autre », me suis-je dit, ai-je dit à la table, en fait, tandis que mes lèvres touchaient la nappe et que le bout de mon nez s'enfonçait dans le tissu. Si le téléphone sonnait maintenant, ai-je pensé, je bondirais et dirais : « Oui. » Le téléphone n'a pas sonné, mais quelqu'un a frappé à la porte de derrière, doucement, par intervalles, comme lorsqu'un écureuil, un matin, avait gratté le seuil de ses petites pattes. Je n'ai pas bougé. J'ai attendu. La maison s'est remplie d'obscurité, et alors seulement je suis allé à la porte et je l'ai ouverte. Il n'y avait personne; rien que la cour déserte, brillante de neige, des empreintes côtelées de bottes sur le perron, des branches où pendaient toujours des feuilles sèches, la pelle appuyée contre le mur. J'ai pensé au professeur de sciences politiques, bien que lui, j'eusse dû l'imaginer à la porte de devant; puis à la fillette, à sa mère, à la vieille dame de la maison d'en face. Je me suis retiré dans la cuisine, lentement, comme ferait tout propriétaire. Je suis venu ici, me suis-je dit, parce que l'espace commençait à disparaître, que je ne parvenais plus à me rappeler mon nom, que je ne parlais plus qu'en phrases courtes, avec un nombre toujours plus réduit de mots. « Non, ai-je dit face à la porte d'entrée restée ouverte, placée comme un cadre entre deux obscurités, l'une plus épaisse que l'autre, je suis venu ici parce que les mots ne disaient plus rien, parce qu'ils se déversaient comme de la farine dans un moulin, et que c'était, en fait, comme s'ils n'existaient plus. Quand tout le monde parle, les mots ne sont plus que des cailloux qui roulent, des galets dans l'eau. » J'étais fatigué. J'avais l'impression de n'avoir plus inspiré d'air depuis quelques heures, bien que j'en eusse expiré plusieurs fois; je me rappelais bien ces expirations, car à chaque fois j'avais cru entendre quelqu'un geindre dans la pièce voisine. Si la maison avait un grenier, me suis-je dit, je serais persuadé que quelqu'un y est assis, dans un coin, entouré de toiles d'araignée et de coffres remplis de vieilleries, à se demander si le monde existe encore. « Il n'existe plus », ai-je dit, toujours devant la porte ouverte. Je l'ai fermée. Quand je l'ai rouverte le matin suivant, j'ai vu une nouvelle neige. Jamais je ne pourrai franchir cette neige, me suis-je dit, en me figurant chaque mot isolément, comme si les phrases n'existaient pas. Pendant que je déblayais les marches en bois, la neige s'envolait, sèche et friable, comme de la poussière. Je me suis dit que si ça ne servait pas à grand-chose, au moins, pendant ce temps, je ne pensais pas à la haine. Je me tenais près de la dernière marche, et j'essayais de me souvenir comment c'était autrefois. Soudain, la fillette s'est fait entendre comme seules les fillettes savent se faire entendre, et elle m'a demandé si j'avais perdu quelque chose. Entre les lattes de la clôture, j'apercevais son vêtement d'hiver rouge. J'ai fait demi-tour et je suis rentré dans la maison. Jamais personne n'a pu s'enfuir, avais-je lu dans un livre, car on ne fuit personne d'autre que soi-même. Je me suis versé du jus d'orange dans un grand verre de forme élancée. La fillette restait plantée derrière la clôture. Elle avait un bonnet et des gants rouges et des lacets rouges à ses chaussures montantes noires. Je suis passé dans la pièce où se trouvait l'ordinateur, je me suis hissé sur la pointe des pieds et j'ai jeté un regard par la fenêtre. L'angle de vue était différent, la couleur rouge avait disparu, la clôture avait l'air d'une vague en bois. J'ai tiré le cordon blanc et le rideau vert s'est fermé devant la fenêtre comme devant une petite scène de théâtre de marionnettes. Si maintenant quelqu'un me demandait quelle est la différence entre la parole et le silence, je ne saurais lui répondre, me suis-je dit. J'ai tiré aussi le rideau dans la chambre à coucher, d'un mouvement vif de la main, entraînant le grincement des anneaux et la résistance des petites pinces. Je n'ai hésité que dans la salle de séjour, devant la baie vitrée, le gland au bout du cordon gris à la main. Lorsque je l'ai tiré, le rideau a ondoyé comme une voile, mais j'ai pensé plutôt à un seau remontant du fond d'un puits. Il me restait encore à affronter deux réunions littéraires, une visite d'un lycée, un entretien avec les étudiants de création littéraire, et je savais, dans la demi-obscurité, encore qu'il eût mieux valu parler de demi-clarté, que jamais aucun de ces points de la liste que la secrétaire m'avait remise ne serait coché comme obligation remplie. «Je suis venu ici pour écrire», ai-je dit plus tard au doyen, et lui ne faisait que hocher la tête en signe de compréhension. Il était désolé, a-t-il dit, car s'il y avait quelque chose qu'il avait compris, dans sa vie, c'était bien le besoin que nous pouvons avoir de devenir, dans la solitude, un autre homme. C'est ainsi qu'il comprenait le travail de l'écrivain, ou peut-être serait-il plus juste de dire tout travail créatif. Il a entouré de ses mains la tasse de café, comme pour se réchauffer les doigts. Je ne comprenais pas de quoi il parlait. «Quand la neige tombe, a dit le doyen, j'ai toujours l'impression que c'est la fin du monde.» La secrétaire du doyen a proposé de me verser encore du jus d'orange; comme j'ai refusé, elle a levé les sourcils et pincé les lèvres. «Il faut bien s'arrêter un jour», ai-je dit. J'ai répété la même phrase dans le couloir, où j'étais tout seul, et dans l'ascenseur, où se trouvaient deux étudiants, bien que personne ne m'eût rien demandé. L'ascenseur s'est arrêté au septième, au cinquième et au quatrième avant d'arriver au rez-de-chaussée. J'ai attendu que tout le monde fût sorti — trois étudiants, une femme de ménage et une autre femme en chaise roulante — pour enjamber deux petites flaques sur le plancher de l'ascenseur et poser les pieds sur le carrelage multicolore.

Sans toute cette neige dehors, me suis-je dit, je ne tiendrais pas un instant dans le hall où les hauts murs répercutaient les exclamations, où les semelles en caoutchouc crissaient et où les pages des manuels produisaient un son cassant comme si elles avaient été amidonnées. Les carreaux du sol se succédaient dans un ordre compliqué, géométrique et symbolique, si toutefois il est possible, me suis-je dit, d'imaginer un symbole approprié à l'inutilité de l'enseignement. En fait, me suis-je dit, nos malheurs viennent justement du fait que nous cherchons constamment à représenter un objet par un autre, comme s'il ne se suffisait pas à lui-même. Nous voulons toujours qu'une chose soit quelque chose d'autre, que l'espace soit une boîte, que l'eau occupe un volume, que l'air soit une formule chimique. Sorti du bâtiment, j'ai accéléré le pas. Je marchais si vite que les visages que je croisais n'arrivaient pas à prendre forme ; je ne courais pas, et pourtant, par moments, mes deux pieds ne touchaient pas le sol. Deux heures auparavant, lorsque j'avais fini par me décider à sortir de la maison où j'habitais, j'avais marché si lentement, d'un pas si grand et si gauche, en essayant d'érafler le moins possible la neige nouvelle, que je n'avais même pas senti les ombres glisser sur mon visage. En six pas, j'avais traversé l'arrière-cour, et maintenant, dans ma précipitation, en six pas, j'avançais à peine. Je savais ce qui me freinait, je savais que c'était la haine, qui était comme une ancre, chaque étudiant que je croisais, chaque professeur ou assistant, même si je ne voyais pas leurs visages, me privait de volonté, me pelait comme un fruit, me laissait pareil à de la pulpe bouffie qui palpitait, se gonflait, puis s'affaissait, déclinant sa haine en langues fourchues d'éclairs dans un ciel d'orage. Le ciel était pourtant bleu, serein, encore plus bleu à présent qu'au moment de mon arrivée, me semblait-il, si bleu que nul n'aurait cru que d'un tel ciel pût tomber de la neige. Il ne neigeait pas, mais ce n'était là qu'une illusion, un mirage, comme le campus qui, par son importance devait suggérer l'étendue des connaissances, le pouvoir de la science, l'ampleur des informations, mais ne faisait que couvrir de son ombre le vide, les sinuosités des allées, les buissons lourdauds et les rameaux aux dessins imprévisibles des arbres nus. Il ne me restait plus qu'à me mettre à courir, et j'ai couru, me heurtant aux étudiants, faisant tomber casquettes et livres, butant contre les voitures garées. À un moment, sur le viaduc, je me suis arrêté pour dire : « Il faut bien s'arrêter un jour. » Ce n'était pas une phrase, rien qu'une suite de mots sans lien, détachés les uns des autres, chacun à part, comme dans un dictionnaire. Sur le panneau devant l'église, il n'y avait rien d'écrit, bien que de la cheminée, sur la pente du toit, s'élevât une fumée. À l'arrêt d'autobus, sous l'abri en plaques de plexiglas, personne n'attendait. La colline au bout de la rue semblait ployer sous la neige, égalisée, aplanie, et, pour la première fois, je me suis rendu compte qu'aucun arbre n'y poussait. Je marchais vite, même plus vite qu'avant, et mes pieds, malgré les chaussettes épaisses, glissaient dans mes bottes, humides de transpiration, la sueur s'accumulait aussi derrière mes oreilles, me coulait dans les yeux et jusqu'aux commissures des lèvres, où je l'essuyais de temps en temps du revers de la main. Le téléphone a sonné pendant que mes doigts mouillés introduisaient maladroitement la clef dans la serrure, celle du haut d'abord, puis celle du bas. Le professeur de sciences politiques voulait m'annoncer les dernières nouvelles, et il le faisait en écorchant les noms des montagnes, des positions conquises et des villes bombardées. Je pressais le combiné contre mon oreille, redoutant le moment où il se tairait, m'obligeant à lui répondre. Aucune phrase ne me venait à l'esprit; ma pensée n'était que mots isolés, que vides entre les mots. Comme si, d'avoir marché si vite, j'avais tout laissé derrière moi, comme si j'étais rentré avant moi-même. Une émanation aigrelette se dégageait de mes vêtements, de mes bottes, s'attardait dans mes cheveux. « Personne n'a survécu, a dit le professeur de sciences politiques, surtout pas ceux qui sont restés en vie. » Il parlait des morts, de la quantité d'armement lourd et des lignes de front comme s'il dictait la recette d'un gâteau aux fruits. Il ne voulait pas que je croie, a-t-il dit, que son intention était de m'accuser de quoi que ce soit, comment d'ailleurs pourrait-il accuser quelqu'un qui se trouvait à des milliers de kilomètres de l'événement, du lieu de l'action, mais, a-t-il poursuivi, sur un plan symbolique, la culpabilité est indivisible, nous sommes tous coupables, tout comme nous sommes tous innocents, c'est pourquoi, a-t-il dit, se taire ne vaut pas mieux que parler, même si les paroles ne sont pas plus éloquentes que le silence, puisqu'il ne se peut, dès lors que nous sommes en ce monde, que nous soyons hors du monde, et nous avons beau nous retrancher — car pour lui il ne faisait aucun doute que je tentais de me retrancher —, nous ne faisons que nous exposer de plus belle, personne ne s'est jamais sauvé en s'abritant derrière un mur, a-t-il dit, derrière un verrou tiré, sous une fenêtre, où nous devenons, au sens propre, encore plus vulnérables, tandis que nos faiblesses se transforment en plaies ouvertes. « Oui », ai-je dit. Je n'ai pu trouver aucun autre mot. Le professeur de sciences politiques a raccroché. Je me suis baissé et j'ai débranché le fil du téléphone. La petite prise en plastique a fait un léger déclic, le cadran s'est éteint, le signal lumineux du répondeur a cessé de briller. J'ai enlevé mes bottes, mon pull-over, mes chaussettes humides. Le plancher était froid. Mes orteils se sont contractés, puis se sont redressés. Le soir tombait ; un chien aboyait. Si les rideaux n'avaient pas été tirés, j'aurais essayé de le repérer, derrière les clôtures et les portillons, en allant d'une fenêtre à l'autre, comme je l'avais déjà fait une fois. Mais comme ça, avec les rideaux fermés, je ne pouvais que rester planté là. Et je suis resté ainsi jusqu'à ce que le froid soit monté le long de mes chevilles, de mes mollets, et ait atteint mes genoux, qui se sont mis à trembler. Alors, j'ai fait un pas, un tout petit pas, du pied gauche, en direction de la table, puis j'ai bougé l'autre pied, péniblement, je l'ai rapproché du gauche, puis j'ai de nouveau bougé le pied gauche, en avant et du côté droit, comme on déplace un cavalier sur un échiquier. Le tremblement n'a pas cessé, même s'il s'est atténué, j'ai senti un peu plus de fermeté dans mes genoux et, sous la plante de mes pieds, des miettes, des dures, de pain rassis, et des molles, de fromage. J'ai fait encore deux pas semblables aux précédents, même si je ne pensais plus aux cavaliers mais aux fous, et je me suis trouvé devant la carte de l'Amérique du Sud. La reine m'aurait certainement mené plus loin, me suis-je dit, les femmes connaissent des chemins de traverse dont un homme ne s'aviserait jamais. Le roque, d'autre part, est un coup si merveilleux, si irréel dans la structure rigoureuse de la manœuvre, qu'il aurait sans doute produit la même merveille que sur un échiquier, si seulement j'avais pu l'imiter par le mouvement de mes pieds. Le professeur de sciences politiques aurait bien aimé voir ces mouvements, me suis-je dit, il aurait su expliquer le fortin que j'aurais construit dans le coin droit ou gauche. Certes, se retrancher, aux échecs, ne vaut que dans la perspective d'une percée, sinon, ce n'est qu'un leurre, une reddition différée. Ce qui est terrible, dans le langage, me suis-je dit, c'est justement qu'il exprime simultanément plusieurs choses, qu'avec les mêmes mots, il dit des choses tout à fait différentes. J'y ai songé devant la carte de la Grèce. Le froid, entre-temps, a diminué ; mes pieds, il est vrai, n'étaient pas chauds, et j'aurais volontiers chaussé des pantoufles, si seulement j'en avais eu, mais mes genoux, au moins, ne flageolaient plus, ce qui me rendait un peu d'aplomb. J'ai ouvert au hasard l'*Atlas historique de l'Europe centrale et orientale*, j'y ai jeté un coup d'œil, puis l'ai refermé résolument. Tout y était en corrélation si étroite et si précise que je ne pouvais pas supporter de le tenir en main. Aucune des cartes qui y figuraient ne pouvait se comprendre sans les guerres, aucune n'y était dessinée sans lignes en pointillé ou discontinues indiquant les déplacements de frontières, aucune n'était définitive, aucune ne pouvait couvrir une période de plus d'une quarantaine d'années, sinon les lignes de démarcation seraient devenues si enchevêtrées, les réalités tellement chambardées que personne n'aurait pu s'y reconnaître. Je ne devrais pas parler avec autant d'assurance des autres, leur attribuer mes impuissances et mes incapacités, me suis-je dit; chacune de mes phrases devrait être formulée à la première personne, même s'il avait été fort justement remarqué dans un certain livre que «je» n'est qu'un parfait déguisement et même si «je» n'existe pas, me suis-je dit. Je me tenais devant la carte de l'Empire romain et contemplais le Danube, ce gros ver de terre qui a toujours marqué le partage des mondes. Les fleuves ne se traversent pas, me suis-je dit, car on ne peut jamais être sur les deux rives à la fois, il y a toujours l'autre rive, si différente que même un pont ne peut nous apporter de consolation. Sur un pont, me suis-je dit, on ne peut qu'attendre le moment où il s'écroulera. Seule la carte de l'Empire romain était une véritable carte du monde; toutes les autres n'étaient que des fragments, des échantillons de la croyance que l'histoire est achevée et qu'elle ne se ranimera jamais plus. J'ai appuyé sur le premier interrupteur que j'ai trouvé. Puis, d'un pas plus alerte, même si mes orteils se contractaient encore parfois et si je prenais appui sur les bords extérieurs de mes pieds, je suis allé appuyer sur tous les interrupteurs, l'un après l'autre, et bientôt la lumière a brillé partout, pour la première fois depuis que j'habitais là, peut-être, si je ne comptais pas le moment même de mon arrivée, mais alors, le chauffeur et moi avions allumé les lumières pour voir, tandis que maintenant je les allumais pour cesser de regarder. Jamais je n'arriverai à expliquer cette différence, ai-je pensé. J'ai pensé aussi au chauffeur, je l'ai imaginé en train de poser sa tête sur l'oreiller et de tirer la couverture jusqu'à son menton. À ce moment-là, ma tête s'est inclinée sur ma poitrine et j'aurais pu m'endormir, moi aussi. Je ne me suis pas endormi. J'ai juste fermé rapidement les yeux et, plus rapidement encore, je les ai rouverts. De même qu'une bibliothèque est un cimetière de récits morts, les cartes sont des cimetières de l'histoire morte, me suis-je dit. Seul est vivant un récit qui ne se livre pas au langage, comme seule est vivante une histoire qui ne se livre pas aux cartes. Il est vain d'écrire, comme il est vain de dessiner une carte. Les mots ne sont qu'un écho, la résonance d'un creux, des cavaliers fantômes dans le ciel, tout comme les frontières ne sont que des gribouillages sans réalité, des obstacles invisibles. Un récit n'existe pas plus sur le papier, entre les pages d'un livre, qu'une véritable frontière n'existe sur une carte ou dans un atlas. J'étais las de penser, je n'osais plus m'arrêter devant les cartes. Malgré la lumière, douce dans la salle de séjour, tamisée dans la chambre à coucher, vive dans la salle à manger, j'aurais pu disparaître dans chacune de ces pièces, chacune était un trou, une ouverture, un piège qui m'appâtait. Elles n'étaient pas à moi, mais cela ne me tirait pas d'affaire ; ne pas posséder est parfois plus dangereux que toute possession. L'atlas était bien à moi, mais même si je l'avais déchiré, si je m'étais servi de ses pages pour faire des cocottes en papier, encore que je ne connusse pas les règles du pliage, rien n'aurait changé pour autant. Il y a des choses auxquelles on ne peut échapper. Je ne pouvais que courir, comme je le faisais maintenant à travers la maison, tandis que mon ombre, tantôt nette, tantôt floue, parfois dédoublée, flottait sur les carrés et les rectangles qui reflétaient le visage du monde. Non pas un visage, ce serait faux, mais mille, mais une infinité de visages dont chacun était différent, qui ne se ressemblaient qu'à première vue, mais, dès le second coup d'œil, on comprenait qu'il s'agissait d'un leurre, que « œil » ou « oreille » ou « nez » ou « bouche », peu importe, n'est qu'un mot, un mot parmi d'autres, et que c'est derrière ou quelque part au-dedans de ces mots que se trouve le véritable œil, la véritable bouche, peu importe, quelque chose qu'on ne peut exprimer, qui échappe à tout langage. Du trottinement, je suis passé au trot, puis au galop. Je galope dans la maison, me suis-je dit, exactement comme un poulain gambade dans une prairie et apprend ce que sont véritablement l'herbe, les insectes, le crottin. Les cartes défilaient à côté de moi, comme les étudiants l'avaient fait une fois, je n'arrivais pas à me rappeler quand, emportés par mon désir de les voir disparaître, se transformer en quelque chose d'autre, une chose que je n'arrivais pas à nommer et qui m'échappait aussi vite qu'elle effleurait ma conscience. Je me suis arrêté un instant près de la porte du sous-sol, sans interrompre vraiment ma course. Je levais toujours haut les genoux, inspirais bruyamment par le nez et expirais encore plus bruyamment par la bouche. Si je descendais maintenant au sous-sol, me suis-je dit, plus jamais je n'en remonterais, je demeurerais dans le cagibi aux cartes, comme d'autres passent leur vie aux abords des dépotoirs. Le plancher résonnait sous mes pieds, les cartes flottaient sur les murs, soulevées par le déplacement d'air de ma course. La grande photographie de Jérusalem a la première glissé du mur ; l'Amérique du Sud s'est froissée comme un chiffon, l'Asie est tombée sur la table, l'Australie pendait de guingois, le Moyen-Orient s'est retourné, montrant son envers blanc. Quand je me suis arrêté, il faisait nuit. Je ne voyais pas la nuit, je ne voyais pas l'obscurité, mais j'entendais le silence qui tombait sur la partie de la ville où j'habitais. J'ai écarté les cheveux de mon front. Freddy a depuis longtemps cessé d'aboyer, me suis-je dit, et maintenant il tressaille dans son sommeil, sur sa couche, près d'un bol d'eau, dans quelque maison qu'il se trouve. Les chiens dorment toujours près d'un bol, près de la seule certitude qu'ils connaissent. Je ne savais si cette affirmation était juste. Jamais je n'ai eu de chien. Ce que j'ai eu était resté dans un temps qui n'était plus mien, dans un pays qui n'était plus mien, et auquel moi non plus, probablement, je n'appartenais plus. La perte est toujours réciproque, me suis-je dit. Je regardais fixement mes orteils et j'y voyais se déposer lentement les derniers grains de poussière soulevée. « Tout compte fait, ai-je dit à mes orteils, nous n'avons nulle part où aller. » Ma voix a retenti dans la maison comme un sac en papier gonflé qui éclate. Mes orteils ne pipaient mot. « Je suis venu ici, ai-je dit, parce que j'avais cessé de durer, parce que j'ai cru que la vie pouvait redevenir une continuité et non pas seulement une suite de séquences discontinues, de perpétuels recommencements, sans jamais d'aboutissement, et je me suis trouvé pris dans un réseau de nouveaux commencements, en constante répétition, dans l'impossibilité que quoi que ce soit devienne différent de ce qui était autrefois. » Je n'arrivais pas à me rappeler quand j'avais la dernière fois prononcé une phrase aussi longue. J'ai essayé de recommencer, sans m'adresser à mes orteils : « Je suis venu ici parce que j'ai cru qu'en tournant mon regard depuis un nouvel endroit sur le précédent, je verrais celui-ci comme je n'avais jamais pu le voir pendant que je m'y trouvais, que, débarrassé de la partialité et de la passion de posséder, je me rendrais compte que tout aurait pu se passer autrement, et que la réalité se situe en fait dans le choix que nous faisons, dans l'opposition à quelque nécessité que ce soit. » Si je n'avais pas entendu un bruissement derrière moi, je n'aurais probablement jamais mis fin à mon discours. Je me suis retourné et j'ai vu la carte de l'Europe glisser sur le mur et disparaître derrière le dossier du fauteuil. Il en va toujours ainsi à la suite d'une tempête, me suis-je dit ; il y a toujours une branche qui tombe après coup, alors que le ciel est déjà dégagé et que l'herbe respire la fraîcheur. Je pourrais me remettre à courir, me suis-je dit, agiter de nouveau l'air qui arracherait des murs toutes les cartes, comme étaient arrachées les aiguilles des horloges, dans un livre que j'avais lu, mais j'étais sûr que cela n'aurait rien changé. Jamais je n'ai eu une telle certitude qu'à cet instant-là. Le froid a recommencé à monter sur mes chevilles, vers mes mollets et mes genoux. La salle de séjour était en désordre, la salle à manger également et, dans la chambre à coucher, même ma couverture était tombée par terre, les draps n'étaient plus bordés. Nulle part, bien entendu, je n'ai pu trouver de pantoufles. Je savais, à vrai dire, que je n'en avais point, et pourtant, je les cherchais. Je regardais dans les placards, poussais les meubles, déplaçais les chaussures sur leur étagère. « Demain, j'en achèterai », me suis-je dit tout à coup, avec une parfaite précision, comme si j'avais su ce que le mot « demain » désignait. En d'autres circonstances, une telle précision aurait suffi à me faire tomber dans le sommeil, mais pas à ce moment-là. Je voyais mon reflet dans la grande glace de la chambre à coucher, sur la vitre noire de la fenêtre de la cuisine, sur l'écran obscur du téléviseur. Si maintenant je m'arrête, me suis-je dit, jamais je ne rattraperai mon reflet. J'étais à genoux, le regard rivé sous le lit. Je regardais un morceau de papier froissé, des moutons de poussière, un bout de cellophane, un autocollant publicitaire. Je me suis redressé, j'ai écarté les cheveux de mon front. Les vérités simples sont les plus difficiles à comprendre, me suis-je dit. Un atlas est une vérité simple, les cartes sont des choses simples, me suis-je dit. Je n'avais jamais été aussi fatigué, sauf peut-être au moment de mon arrivée ici, après le départ du chauffeur ; mais alors j'avais bu un verre de jus d'orange, croyant encore, à ce moment-là, au jus d'orange, peut-être parce que, dans mon pays, les oranges réussissent difficilement et seulement grâce aux soins les plus intenses, à la différence des pruniers, qui y poussent comme de la mauvaise herbe. C'est les différences qu'il faut remarquer et non pas les ressemblances, me suis-je dit. Puis j'ai pensé que je devais m'arrêter de penser. Tout d'abord, j'ai pris plaisir à cette idée, je déambulais dans la maison comme un automate, mes mains accompagnaient le mouvement de mes pieds, ma tête se balançait selon les exigences de ma colonne vertébrale, mon estomac faisait parfois entendre de légers gargouillements ; puis, j'ai capitulé. Je me suis écroulé sur une chaise dans la cuisine, j'ai creusé le cou en regardant fixement le plafond. Si maintenant j'entendais la voix que j'avais entendue dans mon lit, je ne la croirais pas. Aussitôt, j'ai regretté de m'être remis à penser, mais ce n'était là qu'un échec de plus, s'ajoutant à d'autres : déjà, la distance n'avait pu m'éloigner de l'endroit auquel j'appartenais vraiment, ni la tourmente me sauver du mouvement rectiligne de l'histoire, ni les rêves me protéger de la réalité, ni mes reflets devenir mon être véritable. « J'ai tout perdu », ai-je dit, mais les mots ne claquaient plus ; un sac, une fois éclaté, ne peut être regonflé, même à l'aide de colle, de ruban adhésif ou de points très fins à la machine à coudre. Les fils invisibles qui reliaient l'atlas aux autres cartes, au professeur de sciences politiques, aux étudiants avec leurs nez collés dans leurs manuels, aux guérilleros en treillis, aux négociateurs autour des tables rondes, aux trafiquants d'armes et de farine, étaient plus forts que tout éclat, que toutes les vibrations de cordes vocales et d'air si improprement appelées mots. Lorsque, poussé par la douleur qui montait sur mon cou et se coulait dans mes épaules, j'ai redressé la tête, j'ai aperçu de nouveaux flocons dans le cadre de la fenêtre. Ils scintillaient par moments, captant la lumière qui venait de la cuisine, luisaient puis s'éteignaient comme des étincelles dans une cheminée. La neige devenait feu, la glace se mettait à brûler, la vie sortait des ténèbres et retournait aux ténèbres. Si j'étais debout, me suis-je dit, je serais forcé de m'asseoir, car si lugubre était cette phrase, si désespérée, qu'elle ne pouvait même pas supporter son propre poids. Je la sentais se poser sur moi et m'envelopper comme la toile noire dont se couvrent les photographes. Je ne savais pas si les photographes le faisaient encore, s'ils désiraient toujours signaler qu'il y a là deux vérités différentes, que la photographie n'est pas vraiment ce qu'elle représente ; à présent, ai-je supposé, ils prennent leurs photos sans aucun voile, complètement découverts, comme si le monde n'avait plus besoin de croire aux mirages, d'espérer que le scintillement d'un flocon puisse malgré tout être aussi la lueur d'une étincelle. Seuls les prestidigitateurs, me suis-je dit, utilisent encore l'abri d'une toile ou le réconfort d'une caisse dont ils resurgissent transfigurés, victorieux de la nature, porteurs de la promesse que le monde peut, malgré tout, être meilleur. À condition, me suis-je dit, que le monde ne soit pas une carte et que nous ne voulions pas être des cartographes. Je me suis baissé et j'ai touché mes orteils. Il était trop tard, bien sûr, pour de telles idées, car la glace ne brûle tout de même pas et les cartes, à l'instar des glaciers, sont hors du temps, pour tous les temps, sont le temps même. J'ai baissé la tête encore plus bas, entre mes jambes, et pressé mes joues entre mes genoux. Une position convenant tout à fait à quelqu'un pour qui l'espace diminue et les frontières se rétrécissent, me suis-je dit. Si le pays où je vis n'est plus le mien, et si la maison où je loge appartient à quelqu'un d'autre, à qui suis-je, moi alors, à qui appartient mon corps? Je sentais le sang battre dans mes tempes, mes intestins vibrer sous la pression des gaz. Il y a des questions auxquelles on répond par des questions, il y en a d'autres auxquelles il ne faut jamais répondre. J'ai glissé de la chaise, encore qu'il vaille mieux dire que je me suis écroulé par terre comme tout sac vide. Je ne la voyais pas, mais je savais que dehors la neige tombait encore, j'entendais presque le bruissement ténu des flocons atterrissant sur l'escalier en bois, le bouleau défeuillé, les oiseaux dans la gouttière, le toit en pente douce. Si j'étais enfant, me suis-je dit, j'ouvrirais la bouche et les flocons que je réussirais à attraper au vol, à sentir sur ma langue, promettraient la réalisation de mes désirs, à condition que je les aie formulés avant que les flocons ne fondent. À condition aussi, évidemment, que j'aie des désirs et que j'aie une langue. De tout cela, je n'étais sûr que de la neige. Je me suis redressé sur les genoux, et, prenant appui sur mes paumes, je me suis dirigé à quatre pattes vers la pièce où se trouvait l'ordinateur, et où, derrière le rideau vert, il neigeait aussi. De derrière celui de la chambre à coucher venait aussi le même bruissement, comme si quelqu'un vidait doucement une boîte de confettis. Dans la salle de séjour, c'était même plus fort, peut-être parce que la fenêtre était plus grande, que le rideau ne faisait qu'un mince écran en tissu, ou que quelqu'un avait perdu patience et secouait la boîte, vite, vite, pour ne pas se laisser le temps de changer d'avis. Je me suis rapproché du rideau et j'ai arrêté de respirer. Puis j'ai inspiré, redressé le torse, toujours à genoux, et j'ai remarqué que mon ombre se dédoublait pendant que mon corps passait entre deux sources de lumière, entre une lampe sur le téléviseur et une applique sur le mur opposé. J'ai écarté un tout petit peu le rideau et nous avons tous trois, mes deux ombres et moi-même, jeté un regard dehors. Devant la maison, sur le gazon, c'est-à-dire sur la neige qui couvrait le gazon, non loin du bouleau, un lapin était blotti. J'ai lâché le rideau, je me suis assis sur les talons. Mes ombres se sont enfuies quelque part derrière moi, se sont resserrées près de mes orteils. Lorsque je me suis levé, mes ombres ne sont pas revenues. Le lapin était à la même place, immobile, le regard fixé sur moi ou du moins sur la fente étroite du rideau. On voyait bien son museau trembloter, sa moustache plier sous le poids d'épais flocons. J'ai cillé, et il a bougé, mollement, m'a tourné le dos et a fait deux ou trois pas, puis s'est arrêté et s'est retourné. Moi aussi, je me suis retourné. Le lapin est revenu à la même place, un peu plus près, peut-être, puis il s'est de nouveau éloigné, s'est approché du bouleau et de son museau a touché l'écorce. J'ai laissé retomber le rideau et je me suis assis sur les talons. Je n'osais plus l'épier. Je me suis levé, mes genoux ont craqué, mes plantes de pieds ont geint sous le poids et je suis passé à la cuisine, j'ai chaussé mes bottes, enfilé un gros pull. Je suis allé à la porte d'entrée, je l'ai ouverte, j'ai franchi le seuil, posé le pied sur la marche en bois couverte de neige. Le lapin n'a pas bougé. La lumière a un instant balayé le tapis neigeux, prenant une forme rectangulaire qui a presque touché les pattes du lapin. Il a baissé la tête, comme s'il voulait mieux voir cette forme, humer la lumière. Quand j'ai refermé la porte, il a levé les yeux sur moi. J'ai fait un pas et il a reculé, laissant un sillon peu profond dans la neige. J'ai fait encore un pas, puis encore un, et le lapin a continué de reculer jusqu'à l'endroit où, s'il n'y avait pas eu de neige, aurait commencé le trottoir, où l'herbe, s'il n'y avait pas eu de neige, aurait cédé la place aux dalles en béton, et là, il s'est redressé, s'appuyant sur ses pattes de devant, tandis que ses muscles se tendaient sous la fourrure. En fait, pour les muscles, je n'étais pas sûr. La neige était si drue que le lapin semblait par moments n'être qu'une concentration plus dense de flocons, qu'un nuage en marche. Moi aussi je devenais un nuage, car les flocons adhéraient rapidement aux mailles de la laine, aux côtes du velours, collaient à mes cheveux et à mes cils, transformant la scène en un tourbillon pointillé où rien n'était stable. Seules mes bottes restaient des bottes, si noires et si lisses qu'elles ne permettaient pas au moindre flocon de s'arrêter, de souffler un peu sur leurs rondeurs. Le lapin a alors fait un bond, très haut, comme si quelqu'un qui jusqu'alors l'aurait retenu l'avait brusquement lâché, et il s'est mis à monter la pente douce de la rue. Un instant, je l'ai perdu de vue derrière la haie voisine, mais arrivé sur le trottoir, j'ai vu qu'il m'attendait, à une vingtaine de pas, près d'un réverbère. Aussitôt qu'il m'a aperçu, si vraiment il m'a aperçu, car je ne savais rien sur les lapins, je ne savais pas comment ils s'orientent dans l'espace, si c'est en regardant ou en écoutant ou tout simplement au flair, mais à l'instant où j'ai posé le pied sur le trottoir, il est reparti, de sorte que la distance entre nous n'a plus diminué : quand je glissais ou m'arrêtais, ou quand je pressais le pas, il ralentissait ou accélérait lui aussi, et il ne s'est rapproché qu'une seule fois, au moment où, essoufflé, au bout de la rue, au sommet de la pente, j'ai hésité et songé à revenir sur mes pas. Lui se trouvait déjà, à ce moment-là, sur l'autre versant, dans la partie de la rue descendant vers une bretelle de l'autoroute qui, en une longue courbe, ceinturait la colline enfoncée dans la partie nord de la ville, et lorsqu'il a senti ou entendu que je n'avançais plus, car en tout cas il n'a pas regardé dans ma direction — jusqu'alors il ne s'était pas retourné une seule fois —, il s'est tourné et dirigé vers moi, réduisant la distance entre nous à une dizaine de pas seulement. S'il avait continué de se rapprocher, j'aurais cru qu'il allait m'adresser la parole, mais il s'est arrêté, et se taisait. J'ai attendu, tandis que les flocons m'entraient dans les yeux, glissaient sur mes cheveux et s'égouttaient dans mon cou. Quand j'ai levé la main pour les essuyer sur mes sourcils, le lapin s'est redressé, s'est détourné d'un bond et a continué de descendre. Lorsque je suis arrivé à l'endroit où il s'était tenu et où la succession de ses empreintes devenait un enchevêtrement, peut-être clair pour un chasseur mais tout à fait indéchiffrable pour moi, lui se trouvait déjà au carrefour. Au moment où j'ai atteint le refuge séparant les deux chaussées, il était en train de se faufiler dans l'ouverture d'une clôture grillagée. J'ai laissé passer une jeep verte et une camionnette incolore ; les deux chauffeurs ont klaxonné en passant devant moi, celui de la jeep a même fait un appel de phares ; j'ai traversé la route en courant et je me suis approché d'une porte pratiquée dans la clôture, à côté de laquelle un panneau suspendu à un fil mince portait l'inscription : « Parc municipal, Section B ». À ce moment-là, je ne voyais plus le lapin ; il s'était éloigné, à ma droite, dans une zone d'obscurité plus épaisse. La porte a grincé quand je l'ai ouverte, elle a grincé quand je l'ai refermée. La colline se dressait devant moi comme un iceberg, et de même que les icebergs sont en partie dissimulés sous l'eau, j'ai supposé que la colline s'enfonçait elle aussi sous la ville qui la baignait, l'entourait sans avoir jamais pu escalader complètement ses flancs. Il n'y avait donc que moi qui en faisais l'escalade. Courbé presque jusqu'au sol, tâchant de découvrir les empreintes du lapin, je me suis dirigé vers la droite et vers le haut, avançant par le flanc, comme un crabe. J'ai heurté un buisson, j'en ai fait tomber la neige, puis mon pied s'est enfoncé dans un trou, j'ai trébuché sur des racines, glissé au bord d'un petit ravin. À un endroit, la glace a craqueté. Mes pieds nus flottaient dans mes bottes, mes talons cognaient douloureusement contre les contreforts en caoutchouc. Lorsque, enfin, j'ai retrouvé les traces du lapin, j'ai aperçu aussi le lapin lui-même. En fait, j'ai aperçu une forme blanche que je supposais être le lapin, car là, sur la colline, ce n'était plus comme dans ma cour ou dans la rue, la nuit était vraiment la nuit, l'obscurité était bien l'obscurité. J'ai aussi senti le vent. Peut-être n'était-ce même pas du vent, du moins pas un vent assez fort pour faire dévier les gros flocons de la trajectoire de leur chute, peut-être n'était-ce qu'un souffle d'air plus froid, peut-être mon effort et ma transpiration m'y rendaient-ils plus sensible, mais quoi qu'il en fût, il pénétrait à travers le velours de mon pantalon, la laine de mon pull et le coton de ma chemise, passait sur la peau de ma poitrine et de mon ventre et se mêlait aux poils de mes cuisses et de mes mollets. C'est alors que je me suis rendu compte que je n'entendais plus rien, du moins pas les bruits auxquels je reconnaissais la ville, ni même le bruissement léger qui m'avait indiqué, dans la maison, que dehors la neige tombait. Je pouvais voir, sur la route, passer de temps en temps des voitures et des poids lourds, mais même si je n'étais pas très loin du carrefour éclairé, le bruit des moteurs ne parvenait pas jusqu'à moi, comme s'il était arrêté par la clôture, dans la toile d'araignée du grillage. Le lapin surgissait de l'obscurité et filait parmi les flocons comme une balle, poursuivant l'ascension de l'escarpement raide, mot trop fort, peut-être, pour la pente douce qui s'élevait devant moi, mais pas si fort, cependant, pour quelqu'un qui, comme moi, devait déjà s'aider de ses deux mains et prendre appui sur ses genoux, et même, une fois, poser son visage sur la neige pour reprendre haleine. Je n'osais plus me retourner, persuadé que derrière moi béait un gouffre et qu'il aurait suffi d'un faux mouvement pour me faire dégringoler jusqu'au bas de la pente. Ce qui me rassurait, c'était la clôture grillagée qui, supposais-je, m'aurait retenu au bord de la route, encore que je ne pusse être sûr que mon corps, vu la chute et l'accélération, n'aurait pas continué à rouler, défonçant le grillage et me livrant aux roues des véhicules. Mais cette crainte ne devait pas durer longtemps. En effet, j'ai aperçu le lapin sur une élévation, je l'ai vu pour la première fois tout à fait nettement, exactement comme dans ma cour, et lorsque j'ai grimpé sur cette élévation, où il n'était déjà plus, toute crainte avait disparu. Ma chemise était trempée de sueur, la laine sentait l'humidité, mon pantalon s'était fendu sans bruit aux deux genoux, mais, à partir de ce moment-là, je ne montais plus mais, si l'on peut dire, je sortais et j'entrais à la fois. Je ne savais d'où je sortais ni où j'entrais, mais quelque chose restait toujours derrière moi, de même que quelque chose d'autre s'ouvrait continuellement devant moi. C'est alors que j'ai de nouveau aperçu le lapin. Il s'était accroupi sur un petit plateau, près d'un buisson, au pied d'une dernière montée qui, pareille à un mamelon distinct sur la grande colline, en formait le sommet. Ce plateau entourait le mamelon de trois côtés ; le quatrième, je l'ai compris plus tard, descendait presque abruptement jusqu'à une autre partie de la ville, un quartier où, comme dans le mien, de ce côté-ci, les gens pouvaient vivre persuadés qu'il n'y avait rien derrière la colline. Arrivé sur le plateau, je me suis redressé pour la première fois depuis que j'avais commencé à escalader la colline. Mon cœur battait, ma langue était sèche, mes lèvres gercées. Le lapin ne bougeait pas. Il n'a même pas bougé quand je suis reparti dans sa direction, genoux flageolants, mal assurés, mais comme sans poids, si léger, en fait, que je ne laissais aucune trace derrière moi. Il n'y avait pas de traces non plus qui auraient mené au lapin. La surface blanche du plateau était intacte, on ne sentait même pas le souffle froid de l'air montant du pied de la colline, si bien que les flocons tombaient à intervalles égaux, tous distincts et chacun relié pourtant à tous les autres par une terrifiante symétrie. Je me suis arrêté devant le lapin et j'ai vu que le buisson était couvert de baies noires et rouges. Le lapin a levé vers moi ses yeux roses, a remué les oreilles, froncé le museau. Derrière lui, malgré la neige, on devinait le sentier qui menait au sommet du mamelon. Je me suis penché, j'ai arraché une baie noire et une autre, rouge, et je les ai mises dans ma bouche. Le lapin se taisait. Tout en fait, se taisait. Là, au sommet, j'étais en vérité au fond, et là, hors de tout, j'étais en vérité dans tout. Les baies étaient acides, du moins la première, que je mordillais entre mes dents, tandis que du bout de la langue je pressais légèrement l'autre contre mon palais, jusqu'à ce que, pressée plus fortement, elle eût lâché un jus douceâtre. J'ai contourné le lapin et me suis engagé sur le sentier. Sous mes bottes, qui ne laissaient toujours aucune empreinte, j'ai senti des marches, basses et larges, probablement taillées dans le sol, recouvertes peut-être de dalles de pierre, et pendant que je les gravissais, j'ai senti que j'avais fini d'entrer, que maintenant je ne pouvais plus que sortir, qu'abandonner derrière moi non seulement les choses, mais les mots, le langage, les concepts, les mouvements et les répétitions, toute possession, sympathies et désaccords, frémissements, émotion, voix. Si je n'étais venu à bout de la montée précédente que par la force, maintenant je marchais sans aucun effort; si, tout à l'heure, j'avais conscience de chaque partie de mon corps, maintenant j'étais incorporel; si naguère je pouvais me fier à mes sens, à présent je ne sentais plus rien que le goût douceâtre et acidulé des baies dans ma bouche, lequel s'est transformé, quand je suis arrivé au sommet, en une légère amertume. Je me tenais sur la dernière marche, au-dessus du versant qui s'enfonçait presque à la verticale dans la ville, à son pied, dans les carrés réguliers bordés de réverbères. La ville entière était une géographie de lumières, un réseau étendu sur le sol, et en son centre, même à cette heure-là, en pleine nuit, flamboyaient de hauts immeubles de bureaux, scintillaient des publicités lumineuses, clignotaient des feux de signalisation et se traînaient les braises des phares des voitures. Je ne pouvais en apercevoir les limites ; peut-être même n'avait-elle pas de fin, comme elle n'avait pas non plus de commencement, comme elle n'avait rien du tout, bien qu'elle eût voulu tout accaparer, à l'instar de l'histoire, des cartes sur le mur de la maison où j'habitais et que je ne parvenais plus à retrouver dans cette géographie scintillante. Je ne la cherchais même pas. Je pressais entre mes dents les petites graines et laissais ma bouche se remplir de salive amère. La neige continuait de tomber, mes vêtements se refroidissaient et devenaient raides, frottant ce qui autrefois avait été mon corps, ce qui autrefois avait été moi. Je me suis assis, j'ai serré mes cuisses contre ma poitrine, entouré mes jambes de mes bras, appuyé le menton sur mes genoux, bien que, au fond, je n'eusse point remué. J'ai avalé ma salive et à l'instant même toutes les lumières se sont éteintes. Le changement a été si brusque, si inattendu, annihilant tous les repères spatiaux et intervertissant ce qui était en haut et ce qui était en bas, que j'ai éprouvé en même temps une sensation de chute et d'ascension, que j'ai vu en même temps la terre tendre vers le ciel et le ciel descendre sur terre ; j'ai vu l'espace infini au-dessus de moi et le fini de toute chose au-dessous de moi ; je percevais tout comme une projection plane sur le sol et à la fois comme un agrandissement tridimensionnel, le tout sans couleurs et pourtant plein de nuances subtiles. Là où avait été la ville, il n'y avait plus rien ; là où il y avait eu une illusion de lumière, régnait la réalité des ténèbres. Seule la neige n'avait pas changé. J'ai levé mon visage vers le ciel, et les flocons s'y sont précipités, agiles comme de petites bêtes.

Bientôt, j'ai dû fermer les yeux ; puis mes paupières, comprimées par la neige, ont refusé de s'ouvrir. Je n'ai même pas essayé. J'ai baissé la tête et laissé les flocons me réchauffer de leur froid, monter le long de mes bottes et de mon pantalon, s'agglutiner sur les fils raidis de la laine. L'obscurité se ramassait autour de moi, confiante, comme si elle avait retrouvé son foyer. C'est alors que, quelque part en haut, s'est fait entendre un bruit sec, le premier, depuis que j'avais mis les pieds sur la colline. C'est ainsi qu'on entend déchirer un papier dans une pièce vide, me suis-je dit, un arbre tomber en s'ouvrant passage dans les broussailles ; c'est ainsi que les villes cessent d'exister, que l'homme se détache du bord du monde en en traversant la membrane. C'est ainsi, d'ailleurs, que s'achèvent les pensées : par un claquement d'ailes et un déchirement du ciel. J'ai ouvert la bouche et la neige s'est engouffrée dans ce dernier creux, a tapissé ma langue et mon palais, rempli mes joues, glissé dans ma gorge, effacé toute distinction encore subsistante. Et lorsque, un peu plus tard, le lapin s'est prudemment approché de la forme trapue enneigée et a fourré son museau dans les flocons agglutinés, personne ne lui a rien dit. Après, la neige a cessé de tomber et dans le ciel, comme il se doit, est apparue la lune.

Composition Interligne.
Achevé d'imprimer
sur Roto-Page
par l'Imprimerie Floch
à Mayenne, le 18 décembre 2003.
Dépôt légal : décembre 2003.
Numéro d'imprimeur : 58854.
ISBN 2-07-074937-1 / Imprimé en France.

81791